Aya Cissoko, née en 1978, championne du monde de boxe anglaise en 2006, est aujourd'hui étudiante à l'Institut d'études politiques de Paris.

Marie Desplechin, née en 1959, a écrit une trentaine de livres pour la jeunesse et une dizaine pour les plus grands. Elle a coécrit avec Lydie Violet *La Vie sauve*, qui a reçu le prix Médicis essai en 2005.

Aya Cissoko
Marie Desplechin

DANBÉ

Calmann-Lévy

TEXTE INTÉGRAL

ISBN 978-2-7578-2542-6
(ISBN 978-2-7021-4175-5, 1re publication)

© Calmann-Lévy, 2011

Le Code de la propriété intellectuelle interdit les copies ou reproductions destinées à une utilisation collective. Toute représentation ou reproduction intégrale ou partielle faite par quelque procédé que ce soit, sans le consentement de l'auteur ou de ses ayants cause, est illicite et constitue une contrefaçon sanctionnée par les articles L. 335-2 et suivants du Code de la propriété intellectuelle.

À Massiré Dansira
À Issa
À Noémie, Sagui et Noah

Mon père est un homme longiligne. Dans mon souvenir, il est très grand. Je m'accroche à lui, je lève la tête pour voir son visage. Il est beau. Jacqueline, qui a été la compagne de son ami Maténé, n'aura de cesse de me le répéter dans les années qui suivent. Elle réfléchit, elle dit : « Ton père était vraiment très, très beau. » Mon père est un homme démuni. Il n'a rien, rien de ce qui se possède, rien de ce qui s'hérite, rien de ce qui se gagne. Tout ce qu'il a, c'est beaucoup de mal à trouver du travail. Et quand il en trouve, il le perd. Mon père ne compte dans ses propriétés que des biens immatériels, difficilement négociables. Ainsi, il est élégant. Il pose, sur une photo, à côté de Maténé. Il porte un pantalon à pattes d'éléphant, un imperméable, et tient à la main une sacoche en cuir. Mais encore la valeur de ce bien-là est-elle limitée. L'élégance n'envoie pas les mêmes signes selon qu'elle apparaît sur un corps noir ou sur un corps blanc. Il y a une élégance de l'homme africain, un art de la figure, qui signe aussi son dénuement. Ce n'est pas du tout la même chose, cet imperméable, cette sacoche, selon qu'on apparaît pour noir ou pour blanc, ce que personne ne manque de percevoir, à défaut de le comprendre.

Ils sont là tous les deux, sur la photo, ils ne sont pas en France depuis très longtemps, ils ont quelque chose de fier et de joyeux. Ils sont partis du même village, à la fin des années soixante. Officiellement, mon père a trente ans.

Longtemps, j'ignore comment il arrive en France. Peut-être a-t-il marché ? C'est un mot qu'utilisent mes oncles dans leurs récits. Ils disent : « La marche. » « On a marché. » Aujourd'hui, les hommes remontent à pied depuis le Mali, en passant par la Mauritanie, puis la Libye. Ceux qui le peuvent travaillent en chemin. Ils traversent l'Algérie. Ils entrent en Europe par la Grèce. Ils marchent encore, ils paient un camionneur, et c'est la France. J'imagine aussi parfois qu'un avion se pose à Orly. Mon père en descend. Il tend un passeport au douanier.

Un regard, la peau, les cheveux. Il entre. J'ai souvent refait son voyage, je l'ai rêvé, et toujours je m'arrangeais pour qu'il n'ait pas à marcher. Je ne savais pas. Pas vraiment. J'imaginais. J'ai tellement construit et reconstruit notre histoire.

Mon père est venu par la mer. Il lève l'ancre à Dakar. Le bateau le dépose à Marseille. Il remonte jusqu'à Paris, c'est presque simple. Maténé l'accompagne, son ami qui peut être appelé son frère, et pourra un jour être appelé frère de ma mère. Leur périple porte un autre nom. On dit aussi : « L'aventure. » « Faire l'aventure. » Mon père a fait l'aventure, et voilà. Nous sommes des enfants de l'aventure.

Sagui Cissoko, mon père, est en France dépourvu de tout bien. Ce qu'il avait, il l'a laissé derrière lui. À commencer par son nom. Pour franchir les frontières, il a pris les papiers de son frère. En France, mon père vit sous le nom de Karounga Cissoko. Tout le temps qu'il vivra désormais, ce sera sous le nom d'un autre. Mon père meurt sous le nom d'un autre. On ne connaît pas sa date de naissance, le jour et l'année de sa venue au monde n'apparaissent nulle part, dans aucun registre. Là où il est né, les registres, les archives, les enregistrements sont de moindre importance. La mémoire est inscrite autrement. Ceux qui partent prennent un grand risque, à passer d'une mémoire à une autre. Ils peuvent devenir des ombres, des égarés fantomatiques dont rien n'atteste le passage. Là d'où il vient, c'est la parole qui garde les traces, et le griot, les archives. Mais là où il arrive, tout est écrit. Pas plus que ma mère, mon père ne sait lire ni écrire. Rien n'est écrit.

Karounga Cissoko a travaillé en France quelques années, chez Renault. J'imagine qu'il a travaillé à la chaîne. La France des années soixante a besoin d'une main-d'œuvre non qualifiée, d'une main-d'œuvre aux yeux noirs, à la peau brune, pour fabriquer ses voitures, ses autoroutes, ses immeubles, son avenir. Elle la puise dans ses anciens réservoirs indigènes. Au Mali, par exemple, dans la région de Kayes, où la terre est trop sèche pour nourrir tous ceux qui l'habitent. Depuis plus d'un siècle, les hommes s'en vont. Dans les pays voisins, le Sénégal, la Côte-d'Ivoire, pour les récoltes d'arachide ou de cacao. Puis plus loin. On part pour la communauté, on part aussi pour soi.

L'aventure transforme les jeunes gens, elle en fait des hommes.

Au village de Kakoro Mountan, ils sont encore rares à avoir pris le chemin de la France. Mais les informations circulent. Ceux qui prennent le risque de la marche envoient de l'argent aux familles. Au retour, ils sont riches, au moins du prestige qu'on leur accorde. Bons à marier. Tout pousse à partir.

Karounga Cissoko part pour la France. Il fait son temps d'usines et de foyers. Puis, quand il a travaillé ses heures, il rentre au pays. Ce n'est pas exceptionnel, c'est même une règle. Une fois le service accompli, on plie son bagage et on cède la place. C'est une époque où il est encore facile d'aller et de venir. Karounga revient donc à Kakoro Mountan. Il donne son passeport à Sagui.

Je me dis que, au marché de l'exil, un Cissoko vaut un autre Cissoko. À ce moment-là, ça arrange tout le monde, même si c'est à différents titres. Qui se soucie de la place dans la fratrie, des traits du visage et du fragile petit bazar imaginaire que chacun trimballe avec lui ? Pour le patron comme pour le clan, ce sont les bras qui comptent.

De l'endroit où Sagui Cissoko, mon père, a grandi, je ne sais presque rien. J'y suis allée une fois, je n'avais pas deux ans. Une terre rouge, des arbres verts, des cases rondes, les photos des magazines, les images des autres, c'est ce que je connais des paysages où sont nés mes ascendants, où ils ont grandi et où ils ont vécu. Pour les visages, je n'ai rien. À l'exception de la mère de ma mère, je n'ai jamais vu les parents qui ont élevé les miens. Ils sont cultivateurs. Je suppose qu'on peut dire : ils sont pauvres, mais c'est une pauvreté qui n'a pas grand-chose à voir avec celle que connaîtront leurs enfants exilés et leurs petits-enfants d'Europe. Il faudrait reprendre du bambara le terme qui pourrait désigner leur situation. Certains mots ne se prêtent pas à la traduction. À vouloir trouver des équivalents à ce qui n'en a pas, on perd le sens. Le père de ma mère n'est d'ailleurs pas si mal placé. Il est chef de son village. Ses responsabilités lui interdisent de s'éloigner de chez lui. Ce sont des générations qui ne bougent pas. Elles vivent là où elles sont nées.

Une fois pourtant, mon grand-père paternel a fait le voyage. Il n'était pas tout seul. L'armée française l'a incorporé dans sa guerre. Tout ce qu'il en a ramené est un casque qui a trôné longtemps dans sa case. Qui entrait voyait sa fierté. Plus tard, j'ai appris que les images de la libération de Paris que l'Histoire a conservées sont des mises en scène, tournées après coup. C'est que les soldats qui sont entrés les premiers dans la ville n'étaient pas blancs. Des libérateurs nègres, les mémoires n'en voulaient pas. À moins qu'elles ne se soient méfiées des nègres eux-mêmes. D'une montée soudaine de fièvre nègre libératrice. Enfin, quoi qu'il en soit, il a fallu refaire la prise. Blanchir tout ça. Qu'est-ce qui m'interdit de penser que mon grand-père en était ? Un grand type sous l'uniforme, distribuant des baisers à des Parisiennes juchées sur des talons en bois. Grandir enfant français de parents africains donne un regard particulier sur l'Histoire, un regard ironique, un peu méfiant. Je ne sais pas si l'Afrique a un problème avec l'Histoire. Mais je suis à la bonne place pour constater que l'Histoire a un problème avec l'Afrique.

J'ignore combien mes grands-pères, combien leurs femmes ont eu d'enfants. Mes parents eux-mêmes n'ont pas une idée très précise du nombre de leurs frères et sœurs. Et à supposer que j'obtienne un chiffre, il ne dirait pas grand-chose ici. Les liens du sang sont élastiques, d'une élasticité difficilement traduisible. Les fratries et les cousinages se confondent. Vos frères et sœurs ne sont pas les enfants de vos parents, mais parfois, si. Votre mère vous a porté dans son ventre, mais parfois, non.

La première femme de mon grand-père n'a pas engendré. Mais c'est elle que Sagui a eue pour mère, et qu'il a aimée comme un fils. En France, il donne son prénom à sa première fille. Aya. Les enfants qui naissent portent le nom d'un de leurs grands-parents. Avec ce nom, ils héritent d'un peu de leur âme. Ma'Aya, on m'appellera Maman Aya. Il est possible que ce nom soit mon talisman, et qu'il m'ait valu un supplément d'amour de mon père, un amour augmenté d'un autre amour. L'autre, la seconde épouse, celle qui l'a porté et mis au monde, porte le nom de Massou. « Ne me parle pas de Massou ! » menace ma mère en mimant la colère. Pour Sagui, Massou a eu des mots terribles. « Les mots des parents dessinent l'avenir de l'enfant », assène encore ma mère. Elle n'en dit pas plus. Elle parle peu de ce qui est passé, elle sait se taire. Elle tend des voiles opaques entre là-bas et ici, hier et maintenant. Du peu qu'elle dit, on retient tout et on devine le reste. Massou a noué le destin de Sagui. Elle l'a voué à la fatalité. Pour finir, tout cela ressemble à un conte : l'histoire d'un homme qu'a aimé une bonne mère, et qu'une mauvaise a maudit.

Se plie-t-il à la règle qui veut que les jeunes hommes partent quand arrive leur tour ? Peut-être a-t-il en tête de réduire les mots terribles de Massou ? Ou veut-il simplement satisfaire son père ? Dans le village, on parle beaucoup. Ceux dont le fils a voyagé, ceux dont le fils a payé une jolie maison, font l'objet d'une envie que rien n'apaise.

Sagui embauche chez Renault. Pour Renault, c'est Karounga qui revient. Je me demande s'il y a seulement un contremaître pour s'étonner de le retrouver sous les traits d'un autre. Il se dit qu'ils portent tous le même nom, sans compter qu'on a vite fait de les confondre. Un homme pour un autre, l'administration n'y voit rien, les employeurs ferment les yeux. Ce petit jeu porte un nom. En Afrique, on l'appelle la filière Photomaton. Mon père ne reste pas longtemps chez Renault. Il perd son travail, à moins que ce soit son travail qui le perde. Ça ne doit pas être facile alors. Maténé vit avec Jacqueline. Ils sont désormais chez eux, dans leur propre logement. Sagui vit dans un foyer.

Passent quatre, cinq années, dont je ne sais pas de quoi elles sont faites. Enfin, Sagui Cissoko retourne chez lui. Pendant son absence, sa famille a fait pour lui des projets. J'aimerais autant penser qu'il croise une jeune fille sur un chemin de terre rouge, que leurs regards se croisent, il est beau, elle est splendide, et voilà. Mais bon. L'amour entre dans la catégorie des concepts difficilement traduisibles. Il est plus probable que les familles se sont rencontrées et qu'elles se sont entendues. Sagui vient de France, je suppose qu'il passe pour un bon parti. Le mariage est conclu. Massiré Dansira a quinze ans de moins que son mari. À l'écouter, elle est obéissante, douce, exemplaire. Sa mère ordonne, elle exécute. L'eau, la nourriture, les soins, parfaite Massiré, quelle chance ont ses parents… Et quelle malchance que ses enfants à elle n'aient pas hérité de son immense, légendaire, improbable soumission.

Sagui repart pour la France, sa petite épouse le suit. Il n'a pas dû amasser beaucoup.

Ou alors il n'a aucune envie de vivre toute sa vie sous le regard de Massou, sous le poids pétrifiant d'une famille africaine. Toujours est-il qu'ils y retournent ensemble. Pour une femme, c'est encore un événement considérable de partir, et si loin. Il est appelé à se banaliser dans les années qui suivent. Les règlements qui durcissent les conditions d'immigration au milieu des années soixante-dix ont eu des conséquences capricieuses. Ils ont détruit le système de rotation qui commandait les départs et les retours. On n'entre plus comme on veut. Résultat : une fois qu'on y est, le mieux est encore de ne plus bouger. C'est la meilleure façon de ne pas interrompre les envois d'argent qui font vivre les villages. Les hommes vont donc rester plus longtemps qu'ils ne l'avaient prévu. Les femmes vont arriver. Les enfants vont naître. Et s'ils se disent que tous les liens ne sont pas coupés avec le pays, qu'ils y reviendront un jour, Dieu seul sait quand, les perspectives sont lointaines et floues, toujours repoussées. Mon destin français vient en bonne partie d'une législation foutraque née d'une appréhension bigleuse des phénomènes migratoires. D'une manière exemplaire, Sagui et

Massiré sont, je suis, nous sommes exactement contemporains de notre temps.

Quand elle suit son mari tout neuf, Massiré Dansira est donc l'une des premières à quitter le village. Elle y acquiert le statut prestigieux d'aînée. Ma mère, l'aînée, ne parlera jamais à ses proches autrement qu'en bambara. Elle ne s'habillera jamais autrement qu'en jupe longue de wax. Et elle ne laissera plus jamais à quiconque le soin de décider de sa vie. Mais pour le moment, officiellement, elle a vingt ans. Elle vient d'arriver en France. On est en 1976. Au calendrier grégorien. Au village, c'est l'an 1354 de l'Hégire.

Je garde la nostalgie des journées qui n'en finissent pas, de leur matière légère, cotonneuse, des jeux de cache-cache dans les terrains vagues. Mon enfance est une période d'une extrême douceur. Un an après son mariage, Massiré a donné naissance à son premier fils, Issa. Je suis née un an après, en 1978. La petite fille qui me suit, en 1981, porte le nom de Massou. Deux ans plus tard naît un petit garçon, Moussa. Nous vivons tous les six dans quinze mètres carrés, peut-être vingt, au 22 de la rue de Tlemcen à Paris, à proximité du cimetière du Père-Lachaise. Notre immeuble compte sept étages et cinquante-cinq studios. Huit logements par palier, répartis autour de la cage d'un escalier de bois. Nous, c'est le studio 45, au sixième. Même s'ils le voulaient, les habitants du 22 sont trop à l'étroit pour s'ignorer. Personne ne ferme sa porte. Les enfants passent d'un appartement à un autre. Quand Massiré ne peut pas s'occuper de nous, c'est la voisine du cinquième qui nous donne à manger, ou alors celle du premier.

La pièce que nous habitons est meublée d'un grand lit à deux places, d'un petit lit pliable, et d'un lit à barreaux où peut dormir un bébé. Je dors avec Moussa et mes parents dans le grand lit. Massou est dans le lit à barreaux. La nuit tombée, on ouvre pour Issa le lit pliant qu'on place contre la porte. L'espace est si petit, et si encombré, que les enfants doivent se percher quand mon père fait sa prière. Sagui garde un lien très étroit à la religion, il fait ses ablutions et prie cinq fois par jour. Il sort alors son tapis de prières et nous grimpons sur le lit. Les prières ne durent pas très longtemps. Il a tôt fait de ranger son tapis et nous pouvons redescendre.

Des toilettes sur le palier, pas de salle de bains, mais une toute petite cuisine attenante. Le dimanche, ma mère fait chauffer de l'eau sur sa gazinière dans une grande bassine en fer. Elle attrape ses gosses, l'un après l'autre, elle les déshabille, elle les savonne, elle les frotte d'importance. Elle utilise le gant de crin qui râpe et fait la peau brûlante. Les gosses ne sont pas très pressés d'y aller. N'importe. Elle frotte, elle frotte. « Ah, soupire-t-elle plus tard, vous n'avez jamais été aussi beaux que quand c'est moi qui vous lavais. Cette belle peau que vous aviez… Les gens venaient me féliciter. Ils sont vraiment très propres, voilà ce qu'on me disait. Tout le monde louait la propreté de mes enfants quand ils allaient à l'école. »

Le quartier des Amandiers est troué de friches, d'espaces ouverts autour d'un parc, que bordent de vieux immeubles où s'entassent les derniers arrivés. Après la classe, nous passons jeter nos cartables dans l'appartement, et nous filons dehors. Quand il ne pleut pas, les femmes bavardent sur les bancs des allées. Des enfants de tous les âges se retrouvent en bande dans la rue pour se poursuivre dans les terrains vagues et grimper aux arbres du parc. Tom Sawyer, que nous connaissons par le dessin animé qui passe à la télévision, est notre idole, notre guide et modèle. Il a été inventé pour nous. Sa devise sonne comme un appel : « Partir à l'aventure ! »

Les mois de vacances sont meilleurs encore. Nous sommes réveillés par le soleil, nous déjeunons et nous filons. Le soir, au coucher du soleil, les mères se mettent à la fenêtre et appellent. Il ne leur vient jamais à l'idée qu'on puisse nous faire du mal. À la manière africaine, nos parents nous ont placés sous la surveillance des adultes du quartier. Nous sommes comme des enfants de la campagne en pleine ville, des enfants d'un autre siècle, d'une France villageoise, nous profitons d'une liberté disparue. Parmi les jeux délicieux, il y a celui qui consiste à s'arroser. La plaque de l'égout est trop lourde. Je la laisse tomber sur la main de mon petit frère. Il hurle, il faut l'emmener chez ma mère, d'où il part pour l'hôpital, où on lui bandera la main. Le pansement lui fait un poing de boxeur. Moi, je file. Je n'ai pas peur de me retrouver seule. Je suis chez moi dehors. Ce quartier, je le connais comme ma poche. De loin, je vois les adultes de l'immeuble partir à ma recherche. Les gens du quartier les rejoignent. Je les suis de loin, ils sont nombreux, ils sont inquiets. La nuit est bien avancée quand je me décide à rentrer. Je me glisse dans l'immeuble et me réfugie dans les toilettes de l'étage. C'est une voisine qui me trouve. Personne n'a seulement l'idée de me gronder. Ils ont eu tellement peur. Ils sont tellement contents de m'avoir retrouvée.

Nous sommes sans un sou. Toutes les tentatives de Sagui pour trouver du travail sont vouées à l'échec. Et quand il trouve, ça ne dure pas. J'ai cinq ou six ans quand il quitte Renault. Je le revois qui se présente devant ma mère et s'excuse : « Plus de travail, je me suis fait virer. » Ils parlent souvent, tous les deux, de l'argent qui manque et du travail qu'il ne trouve pas. D'autant qu'il faudrait pouvoir envoyer des mandats au village.

Sagui n'arrive pas à pousser la porte de l'Eldorado. Il reste coincé sur le seuil. Il n'y a pas de sortie de secours. Maintenant qu'il a entraîné une femme dans son histoire, et qu'ils ont des enfants, il ne peut pas faire le chemin du retour. Il y perdrait ce qui lui reste, la face.

Mais comment fait-il pour ne pas trouver ? Du travail difficile, mal payé, il y en a, dans le nettoyage, le gardiennage, ou sur les chantiers. C'est peut-être qu'il offre de très bons arguments à ceux qui ne veulent pas l'employer. Étourdi, colérique, insolent, paresseux, après tout… Je pense raisonnablement qu'il est le seul responsable, le maître maladroit du destin qui est le sien. Mais j'entends simultanément la voix africaine de ma mère qui évoque Massou, j'entends le murmure des mots terribles, et la malédiction portée sur le fils. Déraisonnablement, je sais qu'il a été noué. L'ombre de Massou porte sur lui. Je pense double, comme on voit double. Je pense simultanément dans deux mondes inconciliables.

Vu d'enfance, dans ce qu'il faut bien appeler notre déveine, il n'y a pas de souffrance. Rien ne nous manque. Nous n'avons pas faim. Ma mère prépare de grands mafés que nous mangeons assis par terre, dans un même plat et à la main. La vie est simple, balisée. L'école, le parc, les repas. Le monde est plein et harmonieux. Je peux relire le passé comme un manuel de lecture édifiant. Une famille heureuse, où chacun tient sa place, et dont la vie est rythmée par de petits rituels. Tous les soirs, mon père nous donne, à mon frère et à moi, une pièce d'un franc avec laquelle nous courons à la boulangerie. Le petit sachet de bonbons avec lequel nous repartons semble énorme. Dans le même temps, il lui arrive de laisser sa montre en gage à la boucherie, contre un peu de viande à mettre dans le mafé. Le plus étonnant, c'est encore que le boucher accepte. L'air est aussi plus doux qu'aujourd'hui, les gens moins craintifs, les crises n'ont pas ruiné la confiance que l'on peut se porter. Dans les années qui suivent, la relégation et la misère nécrosent le tissu. Il durcit. J'imagine que plus personne ne prendrait, aujourd'hui, la montre de mon père en gage d'une livre de bourguignon.

Pour se fondre dans le décor, il faut maîtriser quantité de codes. Les vêtements, par exemple. Massiré n'a pas abandonné sa jupe. Quand il s'agit d'habiller ses enfants, elle ne se pose pas trop de questions. À quoi bon une jupe ou un pantalon sur un collant de laine ? En quoi le collant ne ferait-il pas l'affaire ? Avec un sous-pull de couleur vive, c'est parfait. Une cagoule là-dessus, et hop, à l'école. Je sors en Fantômette. Si ce n'est que je mets mes chaussures à l'envers. Personne chez moi n'a les moyens de deviner ce que ce déguisement fait de moi, aux yeux des mères de l'école. La pauvre gamine d'une des familles africaines qui squattent rue de Tlemcen, vous avez vu la touche ? Nous sommes élevés pourtant, et bien élevés. Simplement, certaines nuances nous échappent. Les jumeaux de l'école qui fêtent leur anniversaire, par exemple, ne m'ont pas invitée. Quand les enfants Cissoko sonnent à la porte, la maman leur explique qu'on n'entre pas comme ça chez les gens, non non non, il faut avoir reçu une invitation. Visiblement, les autres enfants qui se présentent ont tous reçu cette invitation, parce que nous sommes les seuls à rester dehors. Pas si grave. Nous n'avons pas tellement besoin qu'on nous invite, puisque nous sommes une fratrie, nous faisons tout ce que nous voulons, et nous ne sommes jamais seuls. Est-ce que nous sommes rejetés ? Oui, mais non. La semaine suivante, c'est très officiellement invités que nous nous rendons tous à l'anniversaire d'Hélène. J'en reviens enchantée. Ça valait le coup d'attendre.

À cet âge, je suis imperméable aux regards méfiants comme aux regards désolés. En vieillissant, je peux aussi me dire que nous avons appartenu à un type : le gamin de Paris authentique, le poulbot. C'est sur le moment que les pauvres posent problème, parce que dans l'ensemble ils vieillissent bien. Ils prennent une bonne patine. Le pauvre ancien est vite folklorique, patrimonial même, décoratif, on l'encadre. Je regrette de n'avoir pas de photo de moi à six ans, avec cagoule et collants.

Le texte qui ouvre mon premier livre de lecture s'intitule « Lune ». Je ne parviens pas à déchiffrer les signes. La page reste muette. Le gris résiste, je suis bloquée. On vient me chercher, on insiste :

« Aya, viens voir qu'on t'explique...

– Mais je ne comprends pas !

– Fais un effort ! »

Les efforts n'y font rien. La lecture vient toute seule. Le mécanisme se met en place, de manière autonome. Je lis d'un coup. La page s'éveille. Une voix implore la lune de se lever pour éclairer la nuit : « Lune, lune, dit-elle, si tu m'entends, lève-toi ! » Ensuite, effectivement, c'est lumineux.

Je dois au même homme d'avoir découvert que je sais lire et que je suis pauvre. M. Casanova, l'instituteur, a demandé aux élèves d'apporter avec eux un classeur bleu. Dans mon souvenir, le classeur est superbe et très bleu. Les enfants diront à leurs parents de l'acheter, ce n'est quand même pas compliqué. Je demande à mon père. Je tombe mal. Ce n'est pas du tout le moment, il n'a pas de quoi payer. La patience de M. Casanova est à bout. Il me convoque pendant la récréation, pour une petite explication. Quand j'annonce qu'il n'y a toujours pas de classeur, il me donne une tape sur l'arrière de la tête. Elle est suffisamment forte pour que mon front aille cogner contre la table. C'est la seule cicatrice que j'ai au visage. On croit qu'il s'agit du souvenir d'un combat. Ce serait la boxe. Mais non, c'est M. Casanova, dans un autre genre de combat. Il en conçoit d'ailleurs une telle culpabilité qu'il se fera un devoir de m'amener à la lecture. Mon père, qui vient nous chercher à la sortie de l'école, est consterné. Mais il n'aurait pas l'idée d'aller se plaindre. Il y a des hiérarchies qu'on ne conteste pas. C'est vers moi qu'il se penche. Il me demande pardon. « C'est de ma faute, murmure-t-il, je n'ai pas d'argent. » Je devine alors que nous sommes pauvres, ce qui peut constituer un danger, à l'école par exemple, mais aussi une forme d'alliance. Je suis la fille de mon père.

C'est une époque où Sagui s'occupe beaucoup de ses enfants. Lui qui s'apprête avec un tel soin quand il sort, imper et sacoche, porte la djellaba dans l'appartement. Il prépare nos repas, même quand ma mère est présente. Pour ses enfants, c'est l'aubaine. Mon père est incapable de crier. Incapable de punir. Quand il y est contraint, il commence toujours par s'en excuser. « Je suis désolé », prévient-il avant de sévir. Chez nous, ma mère se charge des cris. Et quand le ton monte, nous nous réfugions dans les jambes de Sagui. Je ne crains rien de lui. Je suis sa Ma'Aya. Est-ce qu'on corrige sa mère ? Et puis j'ai ses traits. Le visage de mon père, le tempérament de ma mère. Il paraît que j'ai un sale caractère. N'importe, il me passe tout. Le père à la maison, qui torche ses gosses et leur donne à manger, est encore un modèle rare, et pas seulement dans les familles africaines.

Sagui fait entrer chez nous une petite télévision. L'écran est minuscule. C'est sur cet appareil de récupération que nous assistons à l'avènement de Michael Jackson. Il a, aussi, accroché au mur au-dessus de notre lit une radio que j'écoute debout sur le matelas pour mieux l'entendre. Il y glisse une cassette. Un couple de Maliens se met à chanter, nous chantons avec eux.

Toute cette douceur vient compenser l'inquiétude de mes parents. Ma mère souffre depuis longtemps d'une insuffisance rénale qui s'est récemment compliquée. Il faut qu'elle se rende à l'hôpital plusieurs fois par semaine pour qu'on la dialyse. Nous le savons, comme on sait dans l'enfance, sans en mesurer l'importance. Un jour enfin, je comprends que Massiré est malade. Le monde, qui n'était pas très sûr, devient très friable.

Il ne faudrait pas imaginer, dans cette petite épopée familiale, que nous sommes abandonnés en terre lointaine. Tout près de nous, il y a toujours Maténé. Il a quitté Jacqueline pour épouser une sœur de ma mère. Ils habitent Colombes, puis Asnières, avec leurs enfants. Il y a Diaye, un frère aîné de mon père qui vit à Paris, et Kossa, l'un de ses amis. Il y a ceux qui viennent et repartent aussi vite, les visiteurs de passage, sans toit, sans table et sans papiers. Des proches, qui nous font une famille élargie.

Et puis nous avons la communauté. À moins de le vouloir, un Malien n'est jamais seul. Pas à Paris. Et surtout pas au nord-est de Paris, banlieue de Montreuil, « deuxième ville malienne après Bamako ». Les Maliens s'y sont regroupés dans les foyers qui ont été construits depuis le début des années soixante. Ces foyers ne correspondent sans doute pas tout à fait à l'idée qu'on se fait du confort à l'occidentale. Mais comme l'essentiel des paies part pour les villages, les hommes qui s'y entassent s'en arrangent. On se transmet les lits d'une génération à une autre, les nouveaux arrivants y trouvent la place qu'on ne peut pas leur refuser. Pour loger tout le monde, il faut à l'occasion installer des lits dans les couloirs. Le jour où ils sont régularisés, où ils se marient, où ils fondent une famille, les hommes ne rompent pas les ponts. Au mieux, ils s'installent dans le voisinage. Et toujours, ils reviennent. On se retrouve au foyer chez soi et parmi les siens, dans des associations dont la hiérarchie est calquée sur celle des villages. C'est au foyer qu'on collecte les sommes destinées au pays. Qu'on juge les différends conjugaux. Qu'on règle les affaires familiales. Qu'on décide de renvoyer au pays le gosse qui fait les quatre cents coups. Un conseil des Pères veille au grain, et personne n'aurait l'idée de remettre en cause son autorité.

Nous allons, nous, au foyer Grands-Pêchers, dans le quartier Bel-Air de Montreuil, où mon père a vécu ses années de célibataire. Notre famille dispose du cinquième et du sixième étage, qu'on lui prête les jours de réunion. Les hommes règlent les histoires qui regardent les hommes. Les femmes préparent le repas dans la cuisine. Les enfants jouent entre eux. On se rejoint pour manger, les hommes d'un côté, les femmes et les enfants de l'autre. J'adore les jours de foyer. Et pas seulement parce que nous en revenons les poches pleines de bonbons. Il y a quelque chose d'infiniment réconfortant, pour un enfant, à se retrouver parmi tous ces gens qui sont les siens, et à respecter avec eux un ordre plus ancien qu'eux. Je leur appartiens, nous nous appartenons, et c'est bon. Dans les années qui viennent, j'apprendrai à mesurer le coût d'un tel confort.

Thérèse, notre aide maternelle, ressemble aux mamies des enfants blancs. Elle est petite et douce. Elle vient de temps en temps passer la journée avec nous quand ma mère est à l'hôpital. Elle propose de nous emmener en promenade. Nous partons ensemble pour les Buttes-Chaumont, la tour Eiffel, ou l'esplanade du Trocadéro. Elle nous offre même des jouets, qui entrent dans un appartement où l'on n'en a jamais vu. Non que nos parents aient voulu nous en priver. Mais ils n'auraient pas eu l'idée de donner des objets aux enfants pour les distraire. Les enfants s'amusent dehors, ils s'amusent entre eux et ils s'amusent de rien. Les objets comptent pour peu chez nous. Même les photos n'ont pas grande importance. Reste que des poupées, un camion et des petites voitures entrent dans l'appartement, et c'est Noël pour la première fois.

J'ai sept ans. J'ai redoublé mon CP, je suis entrée au CE1. Je suis têtue, autoritaire, indépendante. Plus que tout au monde, j'aime mon père, mais en second, j'aime ma mère. Ces deux-là sont parvenus à nous faire une enfance soyeuse, une enfance à taille d'enfant. Improbables et fragiles parents, dont je me dis qu'ils ont dû s'aimer, dans le sens le plus occidental du terme. On les avait désignés, ils se sont choisis. Massiré ne parle jamais de Sagui autrement qu'avec affection. J'ai eu tellement de chance, dit-elle toujours, un homme si respectueux, qui me servait comme une princesse, qui prenait un tel soin de nos enfants. Tellement de chance pour Massiré, tellement de chance.

Sagui vient enfin de trouver un travail. Il est embauché par une entreprise de construction. Il va devenir possible d'améliorer les choses ici et d'envoyer de l'argent là-bas. On dirait que tout s'arrange. La nuit, pourtant, il m'arrive de rêver qu'une voiture brûle devant moi. Je suis seule sur un trottoir et je regarde. Je ne vois pas de victime, juste la carcasse disloquée qui flambe. Le rêve revient, étrange et effrayant. D'autant plus troublant que je n'ai jamais assisté à un accident.

Un de mes oncles m'apprend une comptine que nous braillons en malinké :

> *Ma tô ba bila kou*
> *Né ni drukutu kèlè-ta*
> *Drukutu, drukata kèlè-ta*
> *Né ta drukutu ta ka bin*
> *Drukutu, drukata ta ka bin*
> *Ma tô ba bila kou.*

Les langues africaines ne sont pas faites pour être écrites. Le rythme n'y résiste pas. Elles existent en relief, prises dans la voix. Aplaties sur le papier, j'ai l'impression qu'il n'en reste rien. Ici, c'est le cri d'un oiseau, le *drukutu*, qui donne la cadence. Les conteurs et les chanteurs impriment à leur récit le son de leur sujet. Je suppose qu'ils travaillent comme le faisaient les aèdes, dans un temps indifférent à l'écriture.

Cette toute petite chanson va traverser avec moi les années qui suivent. Elle dessine l'épure de ce qui sera mon existence. Les combats contre le *drukutu*, qui est l'autre nom du malheur, et les récompenses arrachées à ma mère. Car elle dit :

> *Maman, remplis ma gamelle*
> *Je me suis battu et j'ai vaincu*
> *Je me suis battu contre le drukutu*
> *Je l'ai saisi et jeté à terre*
> *Maman, remplis ma gamelle.*

C'est le bruit qui m'arrache au sommeil au milieu de la nuit. Il doit être trois heures. L'immeuble retentit de cris aigus et rauques. Mon père sort du lit. Il enfile sa robe. Il dit qu'on se bat dans l'immeuble, un couple se dispute. Il va intervenir, calmer tout ça. Il ouvre la porte. Il me semble que suit un silence. Nous sommes tous réveillés. Puis sa voix : « Mon Dieu, le feu... » À ce moment-là, l'incendie a gagné le couloir. Il ne faut plus espérer sortir de la chambre. Nous sommes pris au piège.

Ma mère m'attrape, elle attrape Issa, puis mon petit frère. Elle tire le lit pliant vers elle et nous flanque dedans. Elle se penche sur nous, elle nous protège de ses bras. Massou lui a échappé. La petite s'est précipitée en hurlant dans les jambes de Sagui. Plus aucune lampe ne fonctionne dans l'immeuble. On ne voit dans la nuit que la lumière effarante des flammes qui dansent dans le couloir. Du lit où Massiré nous a enfermés, je regarde. Je reste parfaitement immobile. Je me suis scindée en deux. Une partie de moi se débat et sanglote en dedans. L'autre garde les yeux fixes, grands ouverts. Elle enregistre. Les flammes avancent, elles approchent. Une fumée épaisse les précède, faite de tout ce qui brûle dans le couloir, de tout ce qui brûle sur cinq étages au-dessous de nous. Il devient de plus en plus difficile de respirer. Les yeux me piquent, je tousse. Je lutte pour rester éveillée.

Maintenant, je vois mon père s'écrouler devant l'embrasure de la porte. Son corps obstrue le passage. Je devine la forme inerte. Massou a cessé de crier, elle a disparu dans la fumée. Massiré est toujours couchée sur nous. Je perds conscience.

Je me réveille dans le camion des pompiers. Mes deux frères sont avec moi. Mais mon père ? Où est mon père ? On me montre, de loin, une ambulance. Je crois l'apercevoir, allongé sur un brancard. Je veux le rejoindre, partir avec lui, je crie, je hurle. L'ambulance démarre, elle s'éloigne.

Nous sommes hospitalisés à Trousseau. Issa est brûlé à l'avant-bras droit. Quant à moi, si je présente dans les premiers jours des symptômes de souffrance cérébrale, je n'ai pas de lésion physique. Ma mère nous a protégés du feu. Mais elle n'a rien pu faire contre la fumée. Nous passons dans un caisson hyperbare pour nous oxygéner. Nous avons mal à la gorge et aux poumons, et Issa a attrapé une curieuse voix rauque. Nous sommes tous les deux dans la même chambre. Celle de Moussa jouxte la nôtre. Nous pouvons le voir à travers la vitre qui sépare les deux pièces. Il est sous respirateur.

Maman est dans un autre établissement. De papa et de Massou, pas de nouvelles. Rien ne nous dit qu'ils ne sont pas dans le même hôpital que nous. Dès que nous sommes en état de quitter nos lits, nous nous collons à la fenêtre et nous scrutons les façades. Nous cherchons leur chambre. Issa est certain que c'est cette croisée, je suis sûre que c'est cette autre.

Maman a été intoxiquée plus gravement que nous. Elle reste deux mois à Tenon. Les rares fois où nous pouvons la voir, nous la pressons de questions. Elle répond à peine. Son visage est fermé, on dirait qu'elle est fâchée. Nous ne restons jamais longtemps ensemble. Nous devons la laisser. Elle n'a pas fini de se soigner.

Quand nous quittons l'hôpital, c'est Maténé qui nous recueille dans son appartement d'Asnières. Maman nous rejoint enfin. Nous nous serrons dans les chambres. Ne manquent plus que papa et Massou. Ils arrivent quand ? Plus tard, dit ma mère. Il faut attendre.

L'immeuble du 22 rue de Tlemcen a brûlé dans la nuit du jeudi 27 au vendredi 28 novembre 1986. En un an, c'est le quatrième immeuble parisien habité par des familles immigrées qui est détruit par le feu. Dans l'année, vingt-quatre personnes sont mortes, qui étaient venues d'Afrique, d'Asie, ou des Balkans. Dans les dix ans qui vont suivre, une quinzaine d'immeubles brûlent encore. Pour la seule année 2005, dans les trois incendies d'immeubles vétustes de la capitale, quarante-huit personnes trouvent la mort.

L'incendie de la rue de Tlemcen ne doit rien au hasard ou à la maladresse. Il a été déclenché volontairement, de manière à faire le plus de dégâts possible. Les enquêteurs ont retrouvé des traces d'essence sur les marches qui mènent au premier étage. Des chiffons imbibés ont été entassés sur le palier, au pied du coffrage qui protège les canalisations de gaz. Il a suffi de jeter une allumette enflammée. Aspiré par le vide de la cage d'escalier, le feu a fait fondre le plomb des tuyaux. Libérés, les gaz chauds ont alimenté une colonne de flammes qui s'est instantanément élancée dans le puits. Dans les débris, on a récupéré la carcasse métallique d'un pneu. Sa combustion dégage une fumée noire et épaisse, qui empêche d'y voir et gêne les opérations de secours.

Cette nuit-là, ceux qui ont ouvert la porte de leur logement ont été asphyxiés par les gaz toxiques, essentiellement du monoxyde de carbone et de l'anhydride carbonique. Les flammes ont fini le travail. C'était le dispositif. Le feu a été allumé pour tuer.

Les incendiaires n'ont jamais été retrouvés. On a dit, on a écrit, que le feu servait les intérêts des spéculateurs immobiliers. Qu'il était un moyen radical de dégager les indésirables des immeubles qu'ils occupaient. Que les incendies coïncidaient avec la volonté politique des élus de construire une nouvelle ville, un Paris propre, nettoyé de ses pauvres les plus voyants, des plus scandaleusement voyants d'entre eux. Le 6 mars 1987, sous le titre « Le Paris popu se meurt à grand feu », on lit dans *Libération* : « Laissés à l'abandon depuis des années, les immeubles s'enflamment comme de l'amadou. (…) Les propriétaires n'entretiennent plus leur bien. La Ville rachète, préempte à bas prix, mais en mosaïque, sans plan d'ensemble. C'est une aubaine pour les promoteurs privés, qui achètent à bon marché (…) des terrains qu'ils pourront rentabiliser en y construisant des immeubles de standing. »

Aucune preuve pourtant, aucun indice ne sont jamais venus étayer la thèse du complot immobilier. Je suis retournée, vingt ans plus tard, devant le 22 rue de Tlemcen. L'immeuble était toujours là. Le quartier ne s'était pas spectaculairement embourgeoisé. S'il s'agissait de transformer ce coin du XXe arrondissement en une annexe orientale de Neuilly, le moins qu'on puisse dire est que les promoteurs n'ont pas fait preuve de beaucoup de persévérance.

Et puis il y a l'autre piste. En janvier, l'incendie est revendiqué par un coup de téléphone. C'est un habitant d'Aix-en-Provence qui a la surprise d'entendre par deux fois une voix de femme se réclamer de l'organisation Don Salvator Requiem. Pourquoi lui ? Son numéro de téléphone est le même que celui du quotidien *Le Figaro* si l'on oublie de composer le préfixe 16, alors nécessaire pour les appels interrégionaux. On ne connaît pas grand-chose de Don Salvator Requiem, si ce n'est la revendication, quelques mois plus tôt, de l'incendie d'une école hébraïque à Sarcelles. L'enquête remonte vite au seul et unique membre de cette organisation fantomatique. C'est une dame entre deux âges, qui a vraisemblablement appartenu dans le passé à des organisations d'extrême droite. Son dernier employeur garde le souvenir de sa propension à proférer des propos racistes. Elle est, depuis qu'elle l'a quitté, sans domicile fixe et reste introuvable. Elle semble, dit-on, souffrir de désordres mentaux. Peut-être. Rien ne ressemble plus à un délire paranoïaque qu'un discours raciste.

Plus glaçant, quoique pas moins cinglé, le tract daté du 30 janvier 1987 (« *54ᵉ année de l'avènement du IIIᵉ Reich millénaire* »), émis par une succursale française du Ku Klux Klan. Comme Don Salvator Requiem, cette officine est une nouveauté. On n'en a jamais entendu parler dans les services de police, pourtant attentifs à la mouvance brune qui, à défaut de se distinguer par son discours, se fait remarquer par ses nuisances. Ce sont des groupes minuscules, microscopiques, qui naissent et disparaissent sur le même compost. Ils ne prennent de réalité qu'à l'instant où ils entrent de manière visible dans la délinquance. Le tract se félicite des incendies du IIᵉ et du XXᵉ arrondissements, dans le style désuet des néonazis, skinheads et autres révisionnistes militants : « ... dix-neuf singes sans poils éliminés à ce jour. La valise ou la fumée... en attendant que l'on rallume les fours et pourquoi pas les hauts-fourneaux lorrains pour liquider tous les métèques et les séné-bambouls de tout acabit », etc. Un échantillon de littérature datée, volontiers métaphorique, typique de la pathologie identitaire. L'enquête là non plus ne permet pas d'aller très loin. Un représentant du mouvement est identifié. C'est un homme d'une quarantaine d'années, connu de la police pour des délits mineurs, qui a lui aussi disparu dans la nature. Sa dernière résidence est localisée à Montreuil, chez une grand-mère qui ne sait pas où son petit-fils a bien pu depuis aller traîner sa misère.

Ce sont des gens effarants, des idiots, des clochards, dont la dérive se nourrit de manies mythologiques et de désirs de meurtre, toute une vulgate qu'on ne connaît la plupart du temps que sous une forme atténuée, sous le nom de racisme ordinaire. Leur force est de s'accrocher à une idée, une seule, qu'il n'est pas très difficile de mettre en œuvre. Pas besoin d'être à la tête d'une légion de nervis pour mettre le feu. Tout seul, on est très efficace aussi. Des chiffons, de l'essence et un pneu, n'importe qui peut tenter le coup. Le raciste qui déclenche un incendie ressemble par bien des points au terroriste qui bricole ses chaussures pour y placer une bombe. Si ce n'est que le second maîtrise une technologie un peu plus sophistiquée que le premier.

L'enquête débouche en février 1990 sur un non-lieu. Nous restons les victimes d'un crime impuni.

On se résigne plus vite à admettre l'injustice et le crime quand ils touchent les pauvres. De leur côté, les pauvres sont plus volontiers enclins aux catastrophes. Plus fatalistes aussi. Ils ont d'autres chats à fouetter que de refaire l'enquête. Quoi qu'ils en pensent, leurs morts ne reviendront pas. Tout ce qui leur reste à faire, c'est de s'arranger pour persévérer. Travail, logement, santé, équilibres incertains des familles... Quand on est le personnage d'une tragédie, on ne s'épuise pas à chercher des coupables. On s'efforce tout juste d'aller jusqu'à demain. C'est ce que j'ai fait pendant des années. Je suis allée d'aujourd'hui à demain. Je n'ai rien su de l'enquête. Je n'ai pas posé de questions non plus, je ne cherchais pas de réponses. Je n'en avais pas l'usage.

Parmi les huit personnes qui meurent dans la nuit du 27 au 28 novembre 1986, on compte trois adultes et cinq enfants. Parmi eux, mon père, Sagui Cissoko, officiellement quarante-six ans, et sa fille Massou, cinq ans. Massou est morte dans l'incendie de l'immeuble. Mon père est mort trois jours plus tard, à l'hôpital Saint-Antoine. Il a succombé à ses brûlures.

Le retour de ma mère, après deux mois de séparation, est marqué par une aventure déconcertante. Nous sommes envoyés tous les quatre en vacances, à la montagne. Les services sociaux jugent que nous avons été trop profondément choqués pour replonger aussitôt dans ce qui sera désormais notre vie. Nous dormons mal, nous sommes réveillés par les cauchemars, saisis de terreurs brusques, de crises de larmes. Et nos poumons sont crasseux. Nous toussons, nous crachons de la suie noire, il suffit d'un rien pour déclencher des bronchites. Il faut nous changer d'air, oxygéner tout ça. La neige donc, et pour un mois. Dans la journée, ça va encore. Il y a la construction du bonhomme de neige, la luge, le ski. Issa, qui a décidé de s'y mettre sérieusement, s'avère incapable de tenir debout. Moussa et moi sommes de corvée de ramassage. Nous sommes occupés. Mais le soir, quand nous nous retrouvons, chacun revient à son silence.

À notre retour à Asnières, la vie reprend, et ce n'est pas si mal de vivre avec les cousins, dans le bruit et l'agitation d'une grande famille. On m'envoie dans une nouvelle école. Nous attendons toujours Sagui et Massou. Ma mère promet qu'ils vont arriver. Plus tard. Toujours plus tard. Elle aménage une sorte de moratoire. Elle gagne du temps.

C'est qu'elle ne peut pas tout faire à la fois, affronter sa douleur, ses enfants et ses aînés. Pendant qu'elle était à l'hôpital, les Pères lui ont rendu visite. Ils avaient pour elle une feuille de route. Reprendre ses petits, rentrer au pays, se placer sous l'autorité de la famille de son mari. Pas de discussion envisageable, pas de négociation. Les Pères décident, on obéit. De son lit, Massiré, qui n'a pas trente ans, refuse. Elle a deux raisons de tenir tête. Les trois enfants qui lui restent vont à l'école en France, et elle entend leur donner une chance de réussir là où ils sont nés. Le traitement qu'elle suit à l'hôpital l'empêche de mourir. Elle vit sous hémodialyse en attendant une greffe de rein. Les médecins ont été clairs : si elle repart au village, elle est condamnée.

C'est bien joli d'avancer des raisons, mais ça ne suffit pas. La coutume n'autorise pas une femme à élever seule des enfants qui ne lui appartiennent pas. Elle ne veut plus des Pères ? La décision ne lui revient pas. C'est à eux qu'il appartient de l'abandonner. Elle est donc bannie. Finis le foyer, la grande communauté villageoise. Qu'elle ne s'avise pas d'appeler au secours, il n'y aura personne. On lui promet la solitude, la pauvreté, la déchéance et pour finir, bien sûr, la prostitution. Massiré est analphabète, elle parle difficilement le français, elle maîtrise mal les règles du jeu social. Adieu et bonne chance. Pour elle, il n'y a rien à partager avec ses enfants dans cet isolement vertigineux. Le mal qui lui arrive, elle l'absorbe en silence.

Les mois ont passé. Massiré réunit ses enfants. Le temps est venu de nous précipiter dans la réalité. Elle est brutale et solennelle. Elle nous annonce que nous ne les reverrons plus. Ils ne reviendront pas. Massou. Papa. C'est fini. Ils sont morts.

Nous sommes déchirés, d'un coup, traversés par la souffrance et les pleurs. La douleur est immédiate, physique, elle passe en tourmente et nous renverse. Mais Issa a neuf ans, j'en ai huit, nous n'avons pas encore atteint l'âge où l'on mesure le « pas revoir ». La conscience de la souffrance vient avec l'âge. Nous nous relevons comme le font les enfants, aussi bravement que nous sommes tombés. La vie est là, tout de suite, et elle prend toute la place. On ne peut pas pleurer tout le temps.

La peine que je suis incapable d'estimer s'inscrit autrement, ailleurs, d'autant plus résistante que je n'ai pas de mots pour la débusquer. Commencent les rêves qui m'accompagneront pendant des années. J'y retrouve mon père et ma sœur, nous reprenons la vie où ils l'ont laissée. Ce ne sont pas des cauchemars, mais des rêves assez doux dans lesquels chacun retrouve la place qui est la sienne. Ils me laissent au réveil dans un état de tristesse suffocante. Et puis il y a le corps. Il prend loyalement sa part des tourments de l'âme, il les détourne, il les bricole, il les apaise à sa manière. Je prends l'habitude de m'écorcher les genoux contre un banc de pierre dans la cour de récréation. Je frotte consciencieusement ma peau sur la pierre. Les écorchures se creusent et s'infectent. Cette douleur-là n'est pas une mauvaise douleur. Je m'y retrouve, je m'y attache. Mais c'est compter sans Massiré, qui s'aperçoit de mon manège. Elle m'attrape, elle me gifle. « Ça suffit maintenant ! » Elle n'a pas besoin d'y revenir deux fois, j'ai compris. Ma mère ne veut pas de mes plaies. Et puis je lui fais honte. On n'a pas idée de s'amuser avec la blessure. On la tait. On la tait d'autant mieux que la famille l'attend, qu'elle l'espère. J'abandonne le banc, mes genoux cicatrisent. J'apprends à respecter le *danbé*.

La traduction la plus approchante du malinké *danbé* serait le français « dignité ». La dignité est la vertu cardinale, le pivot autour duquel ma mère entend articuler notre existence. Sa propre mère le lui a transmis comme code de conduite. Elle s'y est tenue, nous nous y ferons. Pour nous en convaincre, elle nous inflige à longueur de vie des sermons interminables sur l'importance de « rester digne ». Elle est persuadée que le reste suivra, l'honnêteté, le courage, le goût du travail. Le *danbé* ne nous demande ni obéissance ni même volonté. Il doit nous imprégner, nous modeler assez profondément pour s'imposer à nous. Il n'y a pas d'âge pour se conduire dignement, ni de circonstances qui vaillent. Et pour commencer, on ne s'automutile pas, certainement pas d'une façon voyante, éhontée. C'est indigne.

Étrange période transitoire, où se mêlent confusément les souvenirs heureux de la vie enfantine, les toux de suie, les terreurs nocturnes et les impossibles adieux. Juin s'achève, je termine mon CE1. En août, nous quittons le petit appartement d'Asnières. On nous a attribué un appartement dans Paris. C'est tout le bénéfice d'avoir eu des morts dans l'incendie. Leurs familles sont relogées, tandis que les autres errent toujours de squats en hôtels. Pour nous, ce sera une HLM de la cité Bonnier, au 140 rue de Ménilmontant, dans le XXe arrondissement. Dans un sens, ça va de soi. Famille monoparentale, isolée, d'origine africaine, sans travail et sans le sou, c'est même un casting parfait.

En 1987, le 140 n'a pas encore été réhabilité. La cité est telle qu'elle a été édifiée au début des années vingt : un ensemble de trente immeubles en brique, construits autour d'une cour, reliés entre eux par un labyrinthe de passages et de ruelles intérieures. Presque six cents logements, deux mille habitants, une entrée principale sur la rue de Ménilmontant, une autre, étroite et sombre, sur l'arrière. Facétie réglementaire : le domaine est privé. On n'y entre pas sans autorisation du bailleur, ce qui vaut aussi pour la police. Pas de passants, pas de voitures, pas de gêneurs et pas de flics, l'avantage est qu'on n'est pas dérangé. S'il existe une architecture criminogène, le 140 peut être considéré comme son triomphe.

Louis Bonnier, architecte urbaniste de la Ville de Paris entre les deux guerres, avait pourtant de splendides ambitions. L'idée est alors de loger les pauvres des provinces de France, et plus tard des provinces du monde, qui affluent dans la capitale pour y travailler. De leur offrir les avantages civilisateurs du confort moderne, l'eau, le gaz et les toilettes dans l'appartement. De les amener, par le logement, à plus d'éducation, d'hygiène et d'ordre. De les ranger bien proprement, et sous bonne surveillance, aux frontières de la ville, sur les zones des anciennes fortifications. Louis Bonnier est né en 1846. Ses HBM (habitations bon marché) appartiennent aux deux siècles : aux obsessions carcérales du XIXe, à la manie totalitaire du XXe. Bentham dans le rétroviseur, direction Le Corbusier. En matière d'urbanisme, c'est un peu la double peine.

Une bonne soixantaine d'années a passé depuis la construction. Le 140, qui s'était acquis dès ses débuts une réputation détestable, l'a confirmée. Il est devenu une forteresse de la misère. J'ai peur, surtout les mois d'hiver, à la tombée de la nuit, des ombres qui hantent le dédale des couloirs. Les cages d'escalier sont sans lumière, les murs tagués, et partout une puanteur d'urine. La drogue est omniprésente. Les seringues traînent par terre. Les toxicos consomment sur place ce qu'ils viennent d'acheter. Les gamins frôlent les murs pour éviter leurs silhouettes chancelantes, et filent vers les appartements. Le trafic se passe dans les caves, ce n'est un secret pour personne. Les vendeurs ont récupéré les clés d'un local à poubelles désaffecté qu'ils ont aménagé et dans lequel ils ont installé un vieux canapé. On meurt beaucoup au 140, c'est sans surprise, d'overdoses, de suicides, de meurtres aussi. Les armes circulent en douce. C'est comme dans un documentaire américain, seulement c'est Paris et c'est chez moi.

Neuf mois après l'incendie, nous emménageons dans un trois pièces. Trois vraies pièces, une cuisine, une salle de bains, nous aurions été à l'aise tous les six. Mais nous ne sommes plus que quatre. Et nous ne savons plus nous parler.

Les morts viennent habiter la place que les vivants n'arrivent pas à peupler. Je ne parviens plus à trouver le sommeil. La nuit, Sagui m'apparaît. Je le vois de ma chambre. Il se tient debout, dans sa djellaba, près de la fenêtre du salon. J'enfouis la tête sous mes couvertures, je retiens ma respiration, je transpire. L'apparition a pris ses traits, mais ce n'est pas vrai, je le sais, les morts ne reviennent pas, jamais. Pour me calmer, Massiré finit par me prendre dans son lit. Je m'endors à côté d'elle, la tête cachée sous l'oreiller.

J'ai fait ma rentrée à l'école voisine, rue des Pyrénées. La cour de récréation des primaires jouxte la cour des maternelles. En me collant aux interstices de la porte de fer, je peux apercevoir Moussa. Il vient d'avoir quatre ans. Il a parlé très tôt, il sourit toujours. Ses institutrices en raffolent, Massiré l'adore. C'est un petit garçon d'une inexplicable douceur.

Pendant nos vacances à la neige, ma mère fait la cuisine sur un petit réchaud alimenté par une bouteille de gaz. J'ai un faux mouvement et le réchaud tombe de la table, entraînant la bouteille. Les flammes nous ramènent instantanément au brasier de l'incendie. Nous sommes, Issa et moi, saisis de terreur. Nous détalons en hurlant pendant que Massiré réussit à rétablir le réchaud, la bouteille et la situation. Quand nous revenons, penauds, c'est pour constater que Moussa est resté auprès d'elle. Le plus petit est aussi le plus fort d'entre nous. Il émane de lui un charme mélangé d'intelligence et de joie, qui réconforte et qui apaise. Il est le génie de notre appartement silencieux.

Je suis, à l'école, une élève appliquée. J'obtiens de bons résultats. Je n'ai pas le choix. Nous sommes condamnés à filer droit. Ma mère nous le rappelle sans cesse : nous sommes seuls, nous ne pouvons compter que sur nous-mêmes. L'échec n'est pas envisageable. La règle vaut pour tout le monde. À commencer par elle.

Nous vivons perpétuellement sous le regard des autres. Au loin, la famille attend toujours notre ruine. Tout près, le voisinage nous observe sans bienveillance. Les familles qui vivent au 140 sont installées depuis longtemps. Les enfants y ont grandi, les plus âgés sont devenus des grands frères. Le 140 est un monde clos, où tout se joue toujours entre les mêmes protagonistes. On n'en sort pas. Physiquement, il suffirait de passer la porte et de traverser la rue. Mais on n'en a même pas l'idée. Le 140 est une prison mentale, dont les captifs ne rêvent jamais d'évasion. On y est né, on y a grandi, on s'y installe à l'âge adulte. Ceux qui ont réussi à déménager reviennent souvent tenir les murs. Ils ne lâchent pas. Leur vie est là, toute leur vie. Ils sont chez eux, et leur chez-eux n'a pas d'horizon.

À partager une existence confite dans la misère, on développe toute une batterie de sentiments inconfortables, dont il faut bien penser qu'ils sont aussi distrayants, l'envie, la méfiance, la malveillance. Et évidemment, on ne voit pas d'un très bon œil arriver les nouveaux. D'abord, on n'aime pas beaucoup les familles sans père. Que peut-on attendre de bon d'une femme seule aux commandes ? Comment s'arrange-t-elle pour gagner sa vie ? Probablement pas très honnêtement, c'est ce qu'on pense et pas forcément tout bas.

La plupart des mères du 140 ne travaillent pas. Elles restent chez elles. Elles ont assez à faire avec leurs gosses. Elles ne sont pas différentes des autres mères, elles aiment leurs enfants, elles souhaitent qu'ils s'en sortent. Mais elles ne disposent pas du bon mode d'emploi. Elles n'arrivent ni à les surveiller ni à les corriger. Elles les laissent traîner en bas de l'immeuble, en compagnie de plus grands dont elles devraient savoir qu'ils sont à fuir. Dépassées, elles finissent par adopter une mentalité d'assiégées. Faute de pouvoir s'en distinguer, c'est tout le quartier qu'elles défendent contre le reste du monde. Leur univers qui n'était déjà pas très grand se rétrécit. Elles se réfugient dans l'observation, le jugement, le commérage. Massiré, qui n'est pas tombée de la dernière pluie, sait tout de suite à quoi s'en tenir.

Il me faudra des années pour le comprendre : ma mère est une excellente stratège. Elle ne va jamais à l'affrontement. Elle résiste sur une ligne défensive dont elle ne bouge pas. Elle tient debout. Elle encaisse. Ses victoires sont lentes à venir, mais sans appel.

Elle a pris en arrivant la mesure de tout ce qu'on lui reproche. Elle sait qu'elle n'empêchera pas qu'on la juge. S'opposer aux contraintes de la vie commune l'épuiserait en vain. Il faut qu'elle plie, qu'elle donne des gages de sa bonne volonté, et même de sa soumission… Il n'y a qu'à cette condition qu'elle pourra préserver l'essentiel, ses enfants.

Ma mère met un point d'honneur à donner sa contribution pour tous les événements de la vie du 140. Elle donne pour les naissances, elle donne pour les mariages et pour les enterrements. L'origine de son argent est toujours sujette à caution, mais enfin on l'accepte. Elle salue poliment dans la cour et dans les escaliers, elle est discrète, modeste, elle ne fait pas d'histoires. Mais elle contrôle drastiquement nos mouvements. Il est rare qu'elle nous autorise à jouer dehors. Ce n'est pas non plus que nous en ayons tellement envie. Dans les premières semaines, une famille voisine nous a pris en grippe. Les enfants ont attendu notre première sortie dans la rue pour nous mettre une raclée. Notre statut de nouveaux fait de nous des punching-balls. Si c'est pour prendre des coups, le calcul est vite fait, autant rester à l'intérieur. De tout ce temps passé enfermée, me restera l'habitude de lire. Je lis des heures, tout ce qui me tombe sous la main. Évidemment, je finis un jour par tomber sur Martin Gray, *Au nom de tous les miens*. Cet incendie dans lequel il perd sa famille, je le connais, je l'ai vécu. Mais ce que je retiens, ce qui fait que je lis et que je relis ce livre jusqu'à ce qu'il tombe en morceaux, c'est l'affirmation martelée qu'il faut vivre. Au destin qui s'acharne on ne peut opposer que la ténacité, et le recommencement.

Au long des années passées au 140, au milieu de la misère, de la bassesse et de la méchanceté, il y a des moments de réconciliation, et même de bonheur. Quand nous avons la permission de sortir, nous repérons un trottoir tranquille. On trouve vite des enfants avec lesquels jouer, à la balle, à cache-cache. On invente des jeux avec rien. Et des enfants, il y en a partout. Les mères, qui peuvent être par ailleurs de vraies poisons, s'arrangent à l'occasion pour faire leur marché ensemble, et discutent au retour devant l'immeuble. Ce sont des moments apaisés, dont les conflits et les ressentiments sont absents, momentanément évanouis, et qui peuvent même déboucher sur des invitations à partager un repas, à fêter un baptême, un mariage. Les règles de la cité sont violentes, mais elles n'interdisent pas les trêves.

Le quartier lui-même a des douceurs que je découvre peu à peu. De la boulangerie Ganachaud s'échappe un parfum de pain chaud et de croissants qui se répand jusque chez nous. Le dimanche, je prends ma place dans la file. On me donne mes deux baguettes et parfois des croissants que j'emporte chez nous en courant. Ce sont des souvenirs littéralement délicieux. J'y suis revenue dans les années qui ont suivi, jusqu'au jour où je n'en ai pas retrouvé le parfum ; les propriétaires avaient changé.

Et puis il y a la famille S. Les assistantes sociales, qui connaissent l'endroit, nous ont présentés. Fatou est malienne, comme ma mère. Elle est veuve. Elle élève vaille que vaille neuf enfants et travaille comme femme de ménage. Mais apparemment, il n'y a pas eu de Pères pour exiger de Fatou qu'elle revienne au nid flanquée de ses neuf gosses. Elle a eu le droit de rester bosser à Paris... et de garder le contact avec son aimable parentèle. Au moins, elle n'est pas rancunière. Elle envoie même ses enfants au pays. C'est ce qu'on appelle un conditionnement réussi. Cela dit, échanger un conditionnement parfait contre une parfaite solitude n'est pas forcément une affaire en or. J'imagine combien il est important pour Massiré de parler à quelqu'un qui comprend ce qu'elle dit, qui le comprend de l'intérieur.

Dans la tribu de Fatou, je me découvre un alter ego. Ali a presque deux ans de plus que moi. Il est né au 140, il y a grandi. Nous sommes inscrits à la même école. Il est lui aussi bien placé pour savoir que l'enfance n'est pas une partie de plaisir. Situé en milieu de fratrie, il ne bénéficie pas de l'indulgence accordée aux aînés et aux benjamins. Il n'a personne pour le défendre. Tous les prétextes sont bons pour le tourner en dérision. On lui rase les sourcils pendant qu'il dort, plus ou moins adroitement. Les cicatrices qu'il porte au visage, lui non plus ne les doit pas à la boxe. C'est le genre de gosse qui, faute de place chez lui, fait son travail de classe sur le palier. À dix ans, il connaît tout l'éventail des bêtises que peut proposer la rue. Mais il n'en fait pas un projet de vie. Son rêve, c'est de quitter le 140. Partir loin, construire ailleurs.

Je pense comme lui, depuis mon arrivée. Moi non plus, je ne me laisserai pas enfermer. Nous ne sommes pas très vieux mais nous partageons la même fièvre. Un jour, nous n'avons pas plus de quatorze ans, il me propose de fuguer. J'ai peur. Peur de l'inconnu, d'abandonner ma mère. Je refuse. Il nous voyait partir à deux. Si c'est pour se retrouver tout seul, l'idée le tente moins. Il renonce.

Massiré organise notre quotidien. Elle a beau vouloir nous protéger, elle ne peut pas nous garder des jours entiers bouclés dans l'appartement. Elle nous accompagne, au début du mois d'octobre, à l'école où l'on inscrit les enfants aux cours de sport. Il y en a pour tous les goûts. Les arts martiaux, les jeux de ballon, la gymnastique... La plupart des cours ont lieu le mercredi, de 9 h 30 à 19 heures. On peut aussi pratiquer en semaine, de 17 heures à 18 h 30. Le responsable est prof d'éducation physique à l'école. Il a son propre club, le Coopyr, pour « Coopérative des Pyrénées ».

Yves Gardette est un petit homme, sec et autoritaire, qui mène ses enfants comme une troupe de petits soldats. Il présente les disciplines à ma mère et lui demande de choisir. Elle n'hésite pas longtemps. Elle prend tout. Sauf la boxe. La boxe est un sport de garçon. Ce refus, bien entendu, je l'entends comme une invitation. Et je réponds présente : je veux la boxe. De toute façon, c'est le même prix. On ne paie que la licence. J'ai gain de cause. Pour moi, ce sera donc judo, tir à l'arc, volley, ping-pong, et boxe française (savate). Je commence seule, Issa s'inscrira l'année suivante. Les cours ont lieu le lundi soir et le vendredi soir. Pendant trois ans, nous boxerons sur le sol en ciment du préau. Nous portons des pantalons fuseaux et de petits chaussons. Il faut apprendre à amener le coup, à poser le pied... Tout un enchaînement qui rappelle plus l'art de la danse que celui du combat. Nous travaillons les fouettés, les chassés, les coups de poing et les revers, en nous déplaçant sur la pointe des pieds. Nous essayons d'atteindre les différentes zones de touche, haute, médiane et basse. Il est interdit de faire mal. À la fin du cours, Yves, qui ne plaisante pas avec l'ordre, surveille le rangement des gants et du matériel.

La vie est retournée sur ses rails. Nous avons un logement. Nous allons à l'école, nous faisons du sport, Massiré veille au grain. L'embellie dure peu. À la fin du mois d'octobre, mon petit frère Moussa est soudain pris d'un violent mal de tête. Ils sont deux petits garçons de la maternelle à présenter les mêmes symptômes. Massiré emmène son fils aux urgences, d'où ils reviennent avec du Doliprane. La nuit arrive, la douleur ne passe pas. Au matin, Massiré appelle les pompiers. Moussa est accroché dans son dos. C'est là qu'il meurt, contre elle, en arrivant à l'hôpital, d'une méningite. L'autre petit garçon a été soigné. Il vit. Pour lui, on ne s'est pas trompé de diagnostic. Moussa est mort. Moussa le doux, le joyeux, l'éveillé. Le bébé à l'aura de tendresse et de paix. Mort, onze mois après papa et Massou.

À l'enterrement, nous voyons revenir les membres de la famille. Ils ont un message pour ma mère : elle est responsable de la mort de son fils. Si elle était rentrée au Mali, l'enfant aurait vécu. Elle a bien cherché son malheur. Qu'elle n'espère des siens aucune compassion, aucune aide. Ils parlent et ils repartent comme ils sont venus, sans un mot de pitié.

Je ne sais pas, je ne peux pas m'expliquer comment nous nous arrangeons pour continuer. Les immeubles brûlent, des incendiaires y ont mis le feu. Les enfants tombent malades, des médecins les renvoient sans les soigner. Vos parents peuvent disparaître, vos frères et sœurs, les plus aimés, personne autour de vous ne vous entend crier. Sur quel socle poser ce qui reste d'existence ? Il ne nous reste, à Issa et à moi, que Massiré.

Massiré vient de perdre celui qu'elle aimait certainement plus que tout au monde. Elle ne mange plus. Elle ne dort plus qu'avec des somnifères. Elle est poursuivie par des visions et des hantises. C'est toujours elle pourtant qui nous donne à manger, et qui nous tient à l'œil. Le carcan du *danbé* est resserré comme jamais. Il n'est pas question que nous manquions la classe. Nous nous sommes absentés une demi-journée pour aller à l'hôpital détecter une éventuelle contagion. Mais nos instituteurs n'ont pas été avertis de la mort de Moussa, pas plus qu'ils n'avaient été informés de l'incendie de la rue de Tlemcen. De toute la semaine qui suit le décès de mon frère, je ne prononce pas un mot. Un net progrès pour une bavarde. J'obtiens un 7 sur 10 en conduite, et les encouragements de la maîtresse à persévérer. La nouvelle de la mort d'un petit garçon de la maternelle a dû arriver jusqu'à l'école primaire. On ne m'en parlera jamais, on n'a probablement pas fait le rapprochement. Je n'attends rien. J'appartiens exclusivement à cette petite société de trois personnes, que soude leur effort démesuré pour tenir droit, et présenter encore au monde une figure impassible.

Dehors est glacé, dedans est écrasant. La santé de Massiré se dégrade. Elle ne se plaint jamais des dialyses, ni ne nous parle de ses bilans. Mais la maladie s'est aggravée et son avenir dépend maintenant d'une greffe de rein. Elle qui peut se montrer si dure avec elle-même, qui exige tellement des enfants qui lui restent, est submergée par des vagues de douleur. Elle se reprend vite. Mais il a fallu que ses enfants cherchent des mots qui la consolent, qu'ils soutiennent la mère qui les veut debout, qu'ils écoutent celle qui leur apprend à se taire.

Et puis il y a ce qu'elle me dit, elle y revient plusieurs fois, ces mots d'Africaine qu'elle utilise quand elle s'adresse à moi. Elle m'appelle « un diable ». Elle n'a pas pour habitude de parler à la légère, et c'est un poids de plus en plus lourd que cette accusation dont je devine, sans la comprendre, la gravité. Je demande des explications, j'insiste. Je finis par savoir ce que j'aurais peut-être préféré ne pas entendre. « Tu as mangé les petits. » Les enfants qui meurent ont été tués par celui qui les précède. Massou puis Moussa partis, il faut bien que ce soit moi qui les aie mangés. Voilà ce dont elle m'accuse quand elle est hors d'elle. Je suis le démon coupable de la mort de ma petite sœur et de mon petit frère. Je quitte probablement l'enfance à ce moment-là, quand j'interdis à Massiré de jamais répéter ce qu'elle vient de dire. Je crie pour la faire taire. Je hurle et elle se tait. Je sais, moi, ce que leur absence me coûte, et combien j'ai voulu échanger mon sort contre le leur. Mourir m'irait. Mourir est un sommeil. C'est ce qu'ils disent, n'est-ce pas ? « Ils dorment en paix. » Vivre ou mourir, personne ne m'a demandé de choisir. Je vis. Tant pis peut-être, mais c'est comme ça. J'ai neuf ans et je suis dans une solitude désespérée.

J'attends les cours de boxe, le soir, sous le préau. Yves m'a observée. Il m'a rangée dans la catégorie des douées. Il ne m'en a rien dit. Il a pour principe d'économiser ses compliments. La récompense vient l'année suivante : je rejoins le groupe des garçons. Leur niveau est meilleur que celui des filles. Ils sont plus durs, plus violents. J'y retrouve Ali. La règle est la même que chez les filles : c'est toujours de la touche et il est interdit de se faire mal. Mais la touche frappe fort. Pendant l'entraînement, il faut cacher les larmes. Je m'applique à encaisser. On boxe à cette condition : l'autre ne doit jamais savoir que vous venez de prendre un coup. Quand je m'entraîne, surtout, j'arrête de penser. Je me bats l'esprit aux abonnés absents. Je n'entends plus que mon corps, le tressaillement des muscles. Je m'exerce à tolérer la douleur, à passer les seuils. Ce mal-là, j'en veux bien, je l'ai choisi.

Yves est dur. Je me demande encore quelle idée il se fait de son rôle, entraîneur, éducateur, redresseur. Le tout est probablement mélangé dans un brouet d'inspiration spartiate, où il arrive que la gifle et l'humiliation aient des vertus salutaires. J'ai besoin de quitter le cours pour aller aux toilettes. Refusé. On prend ses précautions avant le cours. Je supplie. Refusé une deuxième fois. Je finis par faire pipi sur moi. Ma honte est complète, si terrible que je me cache tout le temps de l'étude. Je ne veux pas qu'on se moque de moi. Je fais des efforts constants pour mériter et conserver le respect, ce n'est pas pour repartir de zéro. Je rentre chez moi en larmes et dans mon pantalon mouillé. J'étais dure. Je m'endurcis encore. Je progresse. Je ressemble de plus en plus à ma mère.

Au 140, ça passe mal. La confrérie des bien-pensants reproche à ma mère de me laisser boxer. Pour une fille, « c'est pas bien ». Massiré laisse dire. Elle n'a pas envoyé promener toute sa famille pour obéir à ses voisins. Comme de nombreuses femmes africaines quand elles arrivent en Europe, elle a vu s'entrouvrir devant elle une porte sur des libertés nouvelles. Elle a mis le pied, elle n'entend pas la laisser se refermer. Elle décidera elle-même de l'éducation de ses enfants. Je n'aurai pas à me battre pour obtenir une indépendance qu'elle n'a pas connue. J'ai voulu faire de la boxe ? Je ferai de la boxe.

J'ai treize ans, je viens lui rendre visite dans la chambre où elle est hospitalisée. Sa voisine africaine lui demande joyeusement quand elle compte me marier. J'ai l'âge qu'on commence à y penser pour moi. La réponse de ma mère est immédiate et, dans mon souvenir, cinglante : elle est trop jeune, et de toute façon elle épousera qui elle veut. Elle qui a vécu, et qui ne reniera jamais, son destin de femme et d'épouse malienne, me promet publiquement un destin de femme française. Ce n'est pas seulement ma liberté qu'elle déclare. Dans cette différence qu'elle établit entre nous deux, quand elle admet que je mène une vie irrémédiablement différente de la sienne, ma mère me reconnaît pour femme. Elle accepte que je devienne une autre qu'elle. Celle qui fait ce qu'elle veut.

En attendant, cette gamine qui est la sienne, elle prétend ne pas la comprendre. D'où lui vient sa manie de s'opposer ? Ce sont les garçons qui vous font la vie dure. C'est Issa qui devrait être intenable. Issa si tranquille, si facile. Il aurait dû être sa fille, et j'aurais dû naître son garçon, voilà ce qu'elle pense depuis toujours, et le temps ne fait rien à l'affaire.

C'est curieux. Elle qui me regarde comme un objet étranger devine tout ce qui se passe en moi. Je n'ai pas besoin de lui parler pour qu'elle m'entende. Nous sommes persuadés, Issa et moi, que nous ne pouvons rien lui cacher. Nous essayons des codes, nous communiquons en verlan. Elle parle mal le français, mais curieusement il suffit que nous nous mettions au verlan pour qu'elle comprenne.

Si elle lit en moi, elle a plus de mal avec Issa. Du coup, elle craint toujours que quelque chose lui échappe. Elle m'envoie en éclaireur. Notre alliance de frère et sœur était déjà chancelante, elle n'y résiste pas.

Nous sommes nés un même jour, à un an d'écart. Nous allons dans la même école, où je réussis plus facilement que lui. Nous fréquentons le même cours de boxe, où Yves me favorise. Physiquement, nous nous ressemblons. Pour le reste, c'est comme si nous cultivions les différences. Il est aussi calme que je suis emportée, aussi taciturne que je suis bavarde. Pour couronner le tout, il s'est mis en tête qu'il était mon aîné, et qu'il avait à ce titre quelque chose comme des responsabilités. Résultat, nous sommes sans arrêt en conflit. Pour Massiré, c'est affligeant. Il lui reste deux enfants, et il faut encore qu'ils se battent...

Petit, Issa semblait plus fragile que moi. Il n'aimait pas l'école, qui le lui rendait bien. Je me souviens qu'il souriait toujours. C'est aussi ce que montrent les rares photos, un petit garçon qui sourit. L'incendie l'a changé. Le sourire a disparu. Il ne parle plus beaucoup, mais il murmure en dormant. Il reste souvent seul, indifférent, on dirait que plus rien ne le touche. Pendant deux ans, il voit une orthophoniste de l'hôpital pour retrouver la parole. Moi aussi, on m'a envoyée voir quelqu'un. L'école m'a dépêchée chez une psychothérapeute qui habite en face du 140. Elle m'a reçue, elle m'a dit : « Parle-moi. » Parler ? Sur commande ? À une bonne femme que je ne connais pas ? Le traitement s'est arrêté là.

Peut-être nous sommes-nous partagé les rôles, comme le font les jumeaux. À lui le retrait, à moi l'offensive. Et peut-être ma part est-elle plus facile que la sienne. Je lui en veux d'être malheureux, et de le laisser deviner. Je comprendrais mieux qu'il se batte. Je prends ses fragilités pour des faiblesses. Elles me menacent. S'il flanche, lui, qu'est-ce qui me reste ?

« Je ne m'inquiète pas pour Aya, disait ma mère quand nous étions à Asnières. Aya s'en sortira. » J'aimerais quelquefois qu'elle se soucie de moi comme elle se soucie d'Issa. De moi, on attend juste que je sois dure au mal.

Après l'incendie, Massiré a déposé une demande d'indemnisation auprès de la CIVI, la Commission d'indemnisation des victimes. Les étrangers y ont droit, à condition d'être en situation régulière. C'est le cas de mes parents. Massiré possède alors une carte de résidente, depuis presque deux ans. Mon père a fait établir la sienne un peu plus tard, quelques mois avant sa mort. Quant à nous, les enfants, nés sur le sol français, nous avons la nationalité française. Seulement, voilà, c'est bête, Massiré n'est pas au courant. Apparemment, et c'est encore plus bête, son avocat, qui l'assiste dans le cadre de l'aide judiciaire, non plus. Il n'est pas très vigilant. Ou alors il est très étourdi… Il ne présente pas la carte de résidente au tribunal. Pas de carte, pas d'indemnisation. Dix mois après la catastrophe, la demande est rejetée.

Elle aurait pu se défendre. Mais à condition de comprendre ce qui était en train de se passer. À condition de se méfier de son avocat. À condition d'être en assez bonne forme physique et mentale pour le faire. Une femme seule, qui a des gosses, qui ne dort plus, qui ne mange plus, qui est poursuivie par des visions, qui vit sous médicaments, et qui, non contente de ne pas saisir les subtilités du dialecte judiciaire, se débrouille assez mal dans la langue vernaculaire, cette femme-là, pratiquement, se retrouve sans droits.

Quatre mois après la mort de Moussa, l'hôpital appelle. Ils ont reçu un rein pour ma mère. C'est sa première transplantation. L'opération réussit, mais les suites sont difficiles. Le corps se défend.

Les médecins qui suivent Massiré la connaissent bien. À eux au moins, elle ne peut rien cacher de ce qu'elle vit. Elle est soignée dans leur service depuis des années. Après l'incendie, elle a été hospitalisée dans leur établissement. Ils lui ont interdit de repartir au Mali. Ils savent qu'elle ne reçoit aucun secours. Une femme particulièrement, Béatrice Viron, a fait de son sort une affaire personnelle. Aussi, quand un poste se libère dans le service, on lui propose de se présenter. Elle s'occupera des repas et fera un peu de ménage. Et comme elle a l'expérience des machines, elle pourra assister les malades pendant leur dialyse. Massiré commence à travailler pendant l'été, aux horaires du soir.

Greffe, complications, rejet chronique, et maintenant travail. Notre équilibre déjà chancelant n'aurait pas résisté si une grand-mère providentielle n'était arrivée du Mali pour vivre avec nous dans l'appartement. Elle nous tombe du ciel comme une très vieille Mary Poppins en boubou. Son caractère volcanique s'est émoussé avec l'âge. Elle est gentille, pas de doute, et complètement larguée. Nous ne savons rien du Mali, elle n'a jamais mis les pieds en France. Nous nous arrangeons vaille que vaille, l'ancêtre et ses descendants, et je me dis avec regret que nous étions trop jeunes pour lui prêter assez d'attention. Il faut qu'elle aime beaucoup sa fille pour rester dans un pays où tout lui est hostile, le climat et les gens. Elle déteste l'hiver et le froid. Elle ne comprend pas qu'on reste chez soi, enfermé dans son appartement. Cela dit, dehors n'est pas mieux. Elle a peur de la ville. Tout l'effraie, à commencer par les escaliers mécaniques qu'on prend dans le métro et dans les magasins. Mais elle n'est pas pour rien la mère de Massiré. Elle sait que sa présence rassure et console sa fille. Elle reste plus d'un an. À la fin, ce n'est plus possible. Elle s'ennuie du pays, elle se languit de mon grand-père. Elle repart avec soulagement, en laissant à ses petits-enfants le souvenir d'une sorte de bienveillance exotique.

Dans l'appartement, on s'organise en conséquence. Le matin, quand nous nous réveillons, Massiré dort encore. L'un de nous deux descend acheter une baguette. Nous déjeunons en tête à tête avant de partir pour l'école. Le soir, à notre retour, elle est partie. Elle prend son service à 17 h 30 et termine à minuit. Elle a laissé un repas dans la cuisine. Nous dînons seuls, et quand elle revient nous sommes endormis. Mais je me couche toujours dans son lit, et je sais en fermant les yeux que son corps se glissera à côté du mien et que nous partagerons le sommeil. Nous nous voyons le week-end, quand elle ne travaille pas. Elle prend tous les remplacements qu'on lui laisse. Comme on dit dans le XXe, toujours avec respect : c'est une taffeuse. Elle taffe d'ailleurs si bien qu'on nous supprime les allocations d'aide au logement.

À défaut d'avoir une mère à la maison, nous avons un exemple sous les yeux. Au cas où nous risquerions de l'oublier, elle nous le rappelle sans arrêt. Elle a toujours raffolé des sermons. Nous pourrons vieillir, elle n'y renoncera jamais. Le sacrifice fait partie de ses grands thèmes : elle a gâché sa vie pour nous, elle aimerait bien que nous en prenions de la graine. Je ne dis rien mais pour ma part, c'est non. Sa propension à l'héroïsme me terrifie. Je veux une vie à moi.

J'entre en sixième dans un établissement tout neuf. C'est notre première rentrée, à tous les deux : je découvre le collège qui découvre ses élèves. Le collège des Amandiers, qui sera rebaptisé plus tard Robert-Doisneau, accueille les enfants des cités voisines. Sa population enfantine est alors un peu plus mélangée qu'aujourd'hui. On n'y trouve pas beaucoup d'enfants de familles aisées. Pas beaucoup d'enfants de parents nés français. Pas tellement d'enfants de parents blancs. Tout est rassemblé pour que ça chauffe. Et ça chauffe. Dès le premier trimestre, l'administration et les enseignants n'ont pas d'autre choix que de prononcer des exclusions. Du côté des élèves, il faut suivre le mouvement. À moins de se résoudre à une autre forme de mise à l'écart, plus sournoise, ordonnée par la loi du groupe. Pour qui n'a pas grandi dans le chaudron, je veux bien penser que l'ambiance est éprouvante. Pour moi, c'est bon. Je suis adaptée au milieu. Je viens du 140. Je suis grande, plus grande que la plupart des garçons. Je suis noire. Et surtout, je suis devenue intenable. Je ne supporte plus la moindre remarque, le moindre mot. Il suffit d'un regard pour que je m'emporte. Quand on me convoque, je prends l'air excédé. Je laisse dire en regardant par la fenêtre le ciel, dehors. Je ne baisse jamais les yeux devant personne. Dans un sens, c'est payant. Une réputation d'insolence en salle des profs, c'est une garantie de popularité dans les couloirs.

L'affrontement n'est d'ailleurs pas toujours le pire moyen de se socialiser. C'est en m'accrochant avec elle dans le métro que j'ai fait la connaissance de Priscilla, qui devient la meilleure amie de mes années collège. Nous nous sommes croisées quelques mois plus tôt, à l'occasion d'une sortie extrascolaire. Nous venions d'établissements différents. Nous nous sommes querellées. Pour des raisons de la plus haute importance certainement, dont nous n'avons pas gardé le souvenir, ni elle ni moi. Les profs sont intervenus pour nous faire taire. C'est elle qui me reconnaît, dans la cour de Doisneau, et me rafraîchit la mémoire… Le métro, l'embrouille, les cris, les profs. Nous trouvons ces retrouvailles du meilleur effet comique. Sans compter que nous pouvons nous considérer un peu comme deux vieux camarades de tranchées ; nous avons failli faire le coup de poing ensemble.

Si elle habite dans le XXe, Priscilla n'est pas du quartier. Ses parents n'étaient pas très chauds pour lui laisser fréquenter le collège. Ils ont beau vivre dans une « case » (substantif issu du verbe « caser », les « services » « casent » les gens dans les logements sociaux), ils se méfient de la racaille colorée de Ménilmontant, et tout particulièrement du 140. Pauvres peut-être, mais blancs. Seulement, Priscilla a décidé de faire du russe, ce qui va bien à ses yeux bleus, à ses cheveux blonds et à ses origines slaves. Il n'y a pas trente-six collèges qui proposent le russe en première langue. Doisneau donc. Si elle veut s'en sortir, elle a tout intérêt à se trouver des amis. Ça tombe bien. Des amis, j'en ai plein.

Venir du 140 est en soi un titre de gloire. Il y a aussi mon physique, et ma taille. Je ris très fort, je parle sans arrêt, je bouge tout le temps. Personne ne semble avoir de prise sur moi. Je suis la fille sur laquelle on peut compter, la folle qui ne se dégonfle jamais. S'il faut faire un chahut, je fais le chahut. S'il faut lancer des boulettes, je lance des boulettes. Si faut cracher, je crache. Et en plus je cours vite.

Massiré ne peut plus me surveiller, même de loin, comme elle le faisait jusqu'alors. Ce n'est pas que j'aie perdu tout respect en passant au collège. Mais je suis plus vieille, ma palette de compétences s'est agrandie et, avec elle, mon audace. Je profite d'un moment d'inattention de la conseillère principale d'éducation pour lui faucher un paquet de carnets de correspondance vierges. Je sors de son bureau mon butin sous le bras et une boule au ventre. On peut être à la fois téméraire et trouillarde. Je donne un carnet à Priscilla, j'en garde un. Nous nous servons de l'officiel ou de l'officieux selon nos envies. Si nécessaire, nous avons repéré, au fond du couloir qui mène à l'infirmerie, une sortie de secours qui n'est jamais surveillée. Quant aux courriers d'absence… il suffit d'opérer un tri préventif dans la boîte aux lettres. Chez moi, c'est même superflu. Ma mère ne peut pas les lire.

Nous hésitons d'autant moins à sécher les cours que nous sommes deux. Nous nous entraînons l'une l'autre. Chez Priscilla, l'ambiance familiale n'est pas moins étouffante que chez moi, même si c'est dans un autre genre. Qu'est-ce qu'on nous reproche ? Nous ne faisons rien d'autre, après tout, que sortir respirer un peu. Rien de mal, en tout cas, certainement pas de quoi nous sentir coupables.

Le plus important est de garder Issa à distance de ma vie. Je crains mon frère plus que ma mère. Il aura plus vite fait qu'elle de me mettre une dérouillée. Il ne ressemble pourtant pas aux garçons du quartier, qui s'infligent cette tâche obsédante, inutile et nuisible de veiller à l'honneur de sœurs qui ne leur demandent rien. Il est inquiet. Il me trouve « la tête dure » et je ne peux pas lui donner tout à fait tort. Il aimerait que je sois plus vieille, ou plus jeune, que lui de cinq ou six ans. Il aimerait sans doute que je sois un frère. Il aimerait sûrement ne pas avoir à se faire tant de souci pour une presque jumelle encombrante et rebelle. Tout serait tellement plus simple si nous n'étions pas si proches. Mais il est responsable de moi et, plus que la drogue ou les casses, il redoute l'amour qui pousse les filles à faire n'importe quoi. Tant que je n'attente pas à mon honneur, ce qui n'entre pas spécialement dans le cadre de mes projets, je suis à peu près tranquille de son côté.

Je fais partie d'une petite équipe de filles bruyantes, qui se baladent comprimées dans des jeans 501 de coupe droite, qui se portent très très très serrés. L'idéal est d'enfiler le pantalon juste après lavage, quand il est encore humide. S'asseoir demande ensuite une souplesse de gymnaste. Le jean ajusté se porte avec un bombers Schott, ou un sweat zippé Carharrt. Le style vestimentaire signale le groupe d'appartenance. Nous sommes des « Fatous », dont Priscilla est l'exception blanche. Nous partons dans des expéditions shopping dont nous revenons avec un butin de bricoles, du maquillage, des bijoux, des vêtements. Volés, ça va sans dire. Et puis il y a ces petits divertissements qui constituent alors le sommet de l'amusement. Jeter de l'encre sur les voyageurs dans le métro, est-ce que ce n'est pas extraordinairement drôle ?

Il arrive que ce ne soit plus drôle du tout. Nous gardons, Priscilla et moi, le souvenir horrifié d'une petite virée du côté du boulevard de Strasbourg. Nous nous plantons devant une vitrine, à côté d'une école. Autour de nous, des femmes font le trottoir. J'entends l'une d'elles lancer à ses voisines : « Les petites jeunes, là, elles matent mon cul ! Il est beau, mon cul, hein ? » Je suppose que n'importe qui de sensé hausserait les épaules. Pas moi, donc. Je me retourne, je vais vers elle et je la sermonne du haut de mes quatorze ans. Elle s'avance pour riposter, et c'est alors que retentit la sonnerie de l'école. Les parents qui attendaient devant le portail prennent mon parti. Encouragée, je continue à crier. Priscilla s'y met. Les filles se taisent. Les parents indignés emmènent leurs gosses. Nous pouvons penser que nous avons gagné. Nous repartons tranquillement à nos affaires quand j'entends un bruit derrière nous. Des talons aiguilles, des jambes dans des bas résille, des porte-jarretelles. Ce sont les filles. Armées de ceintures à boucle et de chaînes de vélo. Elles sont nombreuses, difficile de compter, dans la panique. Elles hurlent : « Là ! Devant ! La black avec des patras ! » Les patras sont les grosses tresses dans lesquelles je natte alors mes cheveux. Pas de doute, c'est pour nous. J'attrape Priscilla par le bras et nous détalons. Je m'engouffre dans une petite rue où j'avise une camionnette. Nous nous cachons derrière le pare-chocs, dans un interstice où nous nous recroquevillons. Les filles passent sans nous voir. Longtemps après qu'elles ont disparu, nous nous glissons discrètement hors de la cachette et filons en sens inverse, droit vers le métro, terrorisées. Mais pas mécontentes, nous aurons des choses à raconter.

Il n'allait pas de soi de m'accepter pour ce que je suis, une fille. Nul besoin d'être très observatrice pour constater que dans les familles, les garçons bénéficient de privilèges dont leurs sœurs sont exclues. On attend d'elles qu'elles puissent assumer très tôt les tâches ménagères. À dix ans, je savais tout ce qu'il faut savoir pour tenir une maison, y compris cuisiner. J'aurais pu adopter une attitude soumise, ou m'enferrer dans une révolte indignée, si Massiré n'avait pas établi chez nous un règlement équitable. Elle instaure un tour : nous faisons le ménage en alternance. Un jour c'est Issa, un jour c'est moi. La même Massiré me dit souvent : « Aya, si seulement j'étais allée à l'école ! Quand je pense à ce que je serais devenue… » C'est une question sans réponse, déchirante : quel aurait pu être son parcours, si elle avait seulement suivi l'école élémentaire ?

L'envie enfantine d'être un garçon m'est passée. Mais je n'ai pas beaucoup de goût pour les comportements dits féminins. Je ne raconte pas ma vie, je ne me confie pas, les démêlés amoureux m'ennuient. Ce n'est pas que les garçons ne m'intéressent pas. C'est plutôt que je n'arrive pas à faire la fille. Papoter, pleurnicher, je ne peux pas. Les garçons, je les connais et je n'en ai pas peur. Ils sont enfermés dans un rapport de forces continuel. Incapables de formuler leur attirance, ou même leur intérêt. Pour dire les choses, il faut qu'ils me bousculent, ou qu'ils m'attrapent par le bras. Je sais comment ça marche, je les affronte à la salle. Avec moi, il n'y a pas de risque d'embrouille. Le sport m'a donné une conscience très précise de mon corps. Le respect que je me porte impose aux autres de me respecter.

J'ai des amis parmi les garçons, ce qui n'est pas si courant. Je crois qu'ils ne savent pas où me ranger. Je n'entre pas tout à fait dans la catégorie des filles. Ce n'est pas que je suis moche. Ce serait plutôt, selon l'expression la plus courante, que « j'ai des couilles », ce qui étrangement sonne plutôt comme un éloge. Malheureusement, les « bons garçons » de mon entourage manquent d'un peu de clinquant. Je préfère aller, avec un instinct très sûr, vers des petits caïds, plus âgés que moi. Priscilla n'est pas en reste. Nous faisons ce qu'on fait quand on ne fait rien. Nous traînons, nous fumons, et pas que du tabac. Ça dure un peu, et je me rends compte que je n'aime pas ça. Je déteste avoir l'impression de ne plus contrôler mes choix. Je n'aime pas sentir mon corps livré à lui-même. Je ne suis faite ni pour la drogue ni pour la compagnie pesante des voyous. Je ne veux pas qu'on me dicte ma conduite. J'ai besoin d'être lucide, connectée à la réalité, maîtresse de mes actes.

Le plus étonnant, dans cette période, est que je ne lâche pas le collège. Je continue à avoir de bonnes notes. À passer chaque année dans la classe supérieure. J'ai beau me montrer insolente, difficile, arrogante, j'aime aller à l'école. L'école est stable. Cet ordre quotidien, je le sais, personne ne peut me l'enlever. Et puis j'aime le mouvement qui y règne, les adultes qui nous parlent, et même les affrontements qui nous opposent. J'aime que ça vive. Parce que j'ai beau faire la maligne, la meneuse, je n'en mène pas large quand je rentre chez moi. Dans l'appartement, je me cogne au silence, à l'ordre imposé par ma mère. À sa douleur, à son courage. Aux ombres de ceux qui sont partis. On ne s'embrasse pas chez nous, on ne se serre pas dans les bras, on ne se parle pas pour ne rien dire. Ce n'est pas ainsi que vont les choses. On souffre tout seul et sans bruit, et il n'y a personne alentour pour le voir ni l'entendre.

Je sèche les cours, moins les entraînements. Yves Gardette est le seul adulte qui réussisse encore à m'impressionner. Devant lui, je m'écrase.

Comme président de club, il se débrouille plutôt bien. Il sait vendre son activité, et il le fait avec un bagou de missionnaire. Que ne ferait-on pas pour nous sauver de la rue, nous, pauvres petits malheureux plus ou moins barbouillés ? La reconnaissance et les subventions viennent récompenser l'abnégation de nos rédempteurs. Au petit jeu de l'économie sociale, le Coopyr n'est pas le plus maladroit.

Il a obtenu de la mairie une salle, au 114 de la rue de Ménilmontant. C'est mieux que le préau. Nous pouvons nous regarder évoluer : un grand miroir tapisse l'un des murs. Nous avons des punching-balls. Un ring. C'est une vraie salle de boxe, avec tout ce que ça comporte de relatif confort et d'ambiance familiale. J'y suis bien. J'y suis chez moi.

Ce n'est pas que la boxe soit ma vie, une « vraie vie » en opposition à l'autre, la fausse. Elle fait plutôt office de refuge, de retraite même. Il n'y a pas de place, au club, pour faire des bêtises, ni pour ressasser. Ce qui s'y passe est un autre ordre. Boxer me prouve, à longueur d'entraînement, que j'existe. Chaque coup reçu, chaque impact, la douleur même, me rappellent que je suis vivante. J'ai mal, et je résiste. C'est un peu comme s'écorcher les genoux sur le banc de la cour de récréation. Sauf que là c'est permis. Mais jamais, durant toutes ces années d'entraînements et de combats, je ne conçois la boxe comme un moyen de « m'en sortir », comme une bonne manière, pour une enfant de pauvres, de s'élever socialement. Boxer n'est pas un accès au monde des autres. C'est une aventure intime. Une histoire de moi à moi.

Je commence la compétition très tôt. Je suis encore chez les poussins. À douze ans, je gagne mon premier championnat de France, dans la catégorie benjamins. Je devrais être grisée. Je suis saisie de panique. Qu'est-ce que je suis censée faire ? Sauter sur place, lever les bras, rire, pleurer, crier ? Comment font les autres ? Je ne sais pas. Rien ne vient. Si j'éprouve quelque chose, c'est plutôt de la déception. Tous ces efforts pour en arriver là ? Je ne sais pas ce que j'espérais au juste, mais certainement pas ça. Je ne m'habituerai jamais à la déconvenue de la victoire, la même au long des années. Je n'arriverai pas à me réjouir. Je suis toujours allée au combat sans haine ni rage. Je n'ai jamais eu spécialement envie de dominer mon adversaire, et certainement aucune de le détruire ou de l'humilier. J'ai eu des scrupules à voir l'autre saigner, souffrir. Je n'aime pas faire mal.

Ce n'est pas de la grandeur d'âme. Ces victoires-là me sont indifférentes. Celle à laquelle j'aspire, c'est la victoire que j'emporte sur moi, et qui me consacre plus forte que je suis capable de l'être. Elle récompense les sacrifices, les efforts, les douleurs. Dans ce cas alors, oui, il y a de la volupté. Elle est parfaitement égoïste.

C'est au point que je préfère la défaite. Perdre est un piment. Perdre est une promesse. Le chemin sera plus long que prévu, plus ardu, le labeur plus constant. Je veux des défis qui soient plus durs à relever. Des adversaires intimidantes, capables d'insinuer en moi un doute plus sournois. Mon projet, c'est d'en baver. Cette perspective constitue une sorte d'acompte sur le bien-être à venir. Et je sais la part de masochisme qui se trouve là-dedans.

La vérité est que je n'aime pas avoir mal. Pour y échapper, je me dispense volontiers des entraînements. Mais je me rends toujours aux compétitions. Une fois engagée, je ne peux pas reculer. Déclarer forfait serait une lâcheté. J'y vais donc, sans comprendre qu'on puisse éprouver du plaisir à boxer. Le plaisir n'a rien à faire avec la boxe. Il faut, pour se battre, avoir ses raisons, une douleur plus profonde, à peine visible, difficile à dompter, et qu'elle seule permet d'exprimer.

Ce sont des choses auxquelles il vaut mieux ne pas penser au moment du combat. Je le comprends lors du championnat de France juniors. À la deuxième reprise, je suis soudain traversée de questions. Qu'est-ce que je fais là, à échanger des coups ? Qu'est-ce qui me pousse à souffrir ?... Je ne gagne pas le combat. Je ne le termine même pas.

Une fille avec laquelle je boxais m'a dit un jour, en regardant une photo de la Fédération sur laquelle je figurais : « Toi, je ne sais pas ce que tu caches, mais tu as l'air triste. » Je me suis défendue. Elle se trompait, elle racontait n'importe quoi. Triste, moi ? De quoi je me mêle ?

Yves Gardette nous emmène en stage, dans la maison, grande et belle, qu'il possède dans l'Aisne, à Coincy-l'Abbaye. Pas très loin de Château-Thierry, Coincy présente tous les attributs du village français, petit cours d'eau, abbatiale du XIIe, église du XIIIe siècle... Harmonie, calme et tradition. Entouré de bois et de sablières, c'est un endroit idéal pour marcher et courir. Et un concentré d'histoire nationale. Beaucoup de gens se sont arrêtés un jour à Coincy, à commencer par les hommes préhistoriques, qui ont laissé dans le sable des provisions de silex taillés. Ont suivi les comtes de Champagne, les moines bénédictins, les soldats des guerres de Cent Ans, Urbain II, Paul Claudel... Et Gautier de Coincy, moine, trouvère et poète, auteur des *Miracles de Notre-Dame*, première œuvre sacrée à avoir été écrite en langue française.

La première fois que je suis allée en stage à Coincy, j'avais neuf ans. À l'exception de notre étrange voyage de deuil à la montagne, je n'avais jamais quitté Paris. Je n'étais jamais partie en vacances. Le quartier des Amandiers et le village de Coincy, ville et campagne, dessinent la géographie sentimentale de mon enfance. Mes souvenirs s'enracinent dans ce que la France a de plus traditionnellement français. Au fond de ma mémoire, il y a une église classée et des sentiers bordés de noisetiers, des odeurs de pain cuit et de terre mouillée, une palette de gris ardoise, de verts feuillage, de sables bistre. Vieille France, en somme.

Nous logeons chez Yves. Annick, son épouse, assure l'intendance. Sa cuisine vaut le détour. En temps ordinaire, elle travaille à la Mairie de Paris. Les entraînements ont lieu dans la salle Rivoli, un bâtiment historique que l'équipe municipale a prêté au Coopyr. Ce sont de bons moments, même si les entraînements sont empreints d'une rudesse martiale. L'attitude d'Yves Gardette vis-à-vis de moi évolue peu à peu. Dans l'ensemble, il se montre moins intraitable. Il me laisse manquer des entraînements. Il suffit que je me présente un peu avant les compétitions. Je me remets alors au travail et c'est assez pour gagner. J'ai une qualité et il le sait : je sais me gérer. Il a l'intelligence de ne pas me parler quand je monte sur un ring. De ne pas m'imposer d'échauffements inutiles. Si je refuse de sauter à la corde, c'est que je n'en ai pas besoin. Aux yeux des autres, certainement, j'ai acquis un statut de protégée. Ce qui me serait parfaitement égal si Issa n'était pas le perdant de l'affaire. Yves a ses têtes, et mon frère n'en fait pas partie. Jean Rausch, qui sera notre entraîneur de boxe anglaise, dit d'Issa qu'il « n'a pas de hargne », qu'il est « une force tranquille ». Trop de calme, trop de bon sens sans doute pour faire un gagneur.

Au Coopyr, je retrouve Ali. Nous ne sommes pas dans le même collège. Il a été inscrit à Hélène-Boucher, dans le XXe arrondissement, porte de Vincennes. Rien à voir avec Robert-Doisneau. Hélène-Boucher est un établissement qui accueille des enfants de familles aisées, et beaucoup d'enfants de familles juives du nord-est de Paris. À quatre kilomètres de Ménilmontant, un autre monde. Mais après tout, c'est exactement ce que cherche Ali. Sortir du 140. Casser le moule. Tenter ailleurs une autre vie, meilleure.

Sitôt entré en sixième, il adopte de nouveaux codes, n'importe qui peut le constater. À ses vêtements d'abord. Il ne porte plus le survêtement, ni le 501, l'uniforme de la cité. Il préfère les jeans Diesel, une marque encore inconnue en France, et les polos près du corps, de couleur vive de préférence. Il est bien placé pour anticiper les tendances. Les parents de ses amis travaillent dans la confection. À son langage ensuite. Neutre. Il n'a pas cet accent qui vous classe immédiatement sur l'échelle sociale, et dont on joue à défaut de pouvoir s'en délivrer. Même son lexique est différent. À l'entendre, il est impossible de savoir d'où il vient, ni quelle est sa famille. Au 140, il fait figure de cas. Au collège aussi. On le regarde comme un être venu d'ailleurs. La réputation de la cité projette autour de lui une ombre un peu fascinante. Il se fait des amis qu'il gardera bien après avoir quitté l'établissement.

Pour autant, il n'y a pas de miracle. Lui arrive ce qui arrive à tous les gosses qui viennent du 140. Il finit par se faire expulser. Une bagarre de trop, un conseil de discipline, et dehors. Sur son dossier scolaire, on note « élève dangereux ». Dangereux pour lui-même, à l'époque, certainement. Il est dirigé sur un établissement professionnel pour préparer un CAP en électrotechnique qu'il n'a pas demandé. Les gamins que nous sommes ne sortent pas comme ça du carcan de leur environnement, seulement parce qu'ils en rêvent. Il faut pour y parvenir une somme extravagante de qualités, d'intelligence, d'obstination. Il faut une combinaison de hasards, de rencontres, de soutiens. Il faut un entourage, un coin de table pour travailler, un coin d'armoire pour ranger ses livres. Il faut de la confiance, en l'autre, en soi. Bref, tout un tas de conditions invisibles, normales pour la majorité des enfants, et, dans le cas d'Ali, simplement inaccessibles.

Il va quitter le collège quand un garçon un peu plus jeune que lui vient le trouver. Noam a appris qu'Ali partait. Il aimerait le revoir, il le lui dit. Quelqu'un s'intéresse à ce qu'il va devenir... Ali n'en revient pas. D'autant que l'autre, du haut de ses douze ans, continue : Tu n'as pas de père, ta mère travaille, vous êtes neuf, ta famille ne pourra rien te donner, il faut que tu t'accroches... Si tu te laisses faire, tu es fichu. Au fur et à mesure qu'il me parlait, raconte Ali, je comprenais qu'il avait raison. En quittant le collège, je n'ai pas pris le bus, comme tous les soirs. Je suis rentré à pied pour réfléchir à ce que je venais d'entendre. J'ai pris ma décision en chemin. J'apprendrai et je ferai quelque chose de ma vie.

Ce passage qu'Ali traverse à treize ans, je le trouverai, moi, quelques années plus tard. Tout ne s'arrange pas du jour au lendemain, on ne renonce pas en une fois à toute sa vie d'avant. Mais un mouvement se met en place, qui ne s'arrêtera plus. Ce n'est plus le vague désir d'en sortir qui nous obsède, c'est la volonté qui nous guide.

La complicité que j'ai tant de mal à établir avec Issa, je l'ai toujours avec Ali. Il est plus fort que moi, il m'entraîne. Une équipe de télévision vient à la salle pour enregistrer un petit reportage sur la boxe française chez les filles. Yves nous demande de nous affronter devant la caméra. Ali frappe et je tombe une première fois. On refait la prise. Ali met la pédale douce. Je tombe une deuxième fois. Il faut qu'Yves intervienne pour qu'il me laisse gagner. C'est meilleur pour l'image, l'image de la télévision en tout cas. Le reportage passe sur M6. Tous les garçons de la cité peuvent voir Ali se faire battre à l'écran. L'occasion est trop belle. Commence une campagne de moqueries qui va durer des mois. Comment tu t'es fait taper par une gonzesse, Ali... Comment elle t'a malmené, Aya... Encore aujourd'hui, je ne suis pas sûre qu'il m'ait complètement pardonné. Mais maintenant que je peux rétablir la vérité, je le dis publiquement : Ali est un boxeur de très grande classe, un entraîneur hors pair, et, oui, il me battait. Il était plus fort que moi. Tu m'entends, Ali ?

Mes vies ne se mélangent pas. Au collège, je ne parle pas de la boxe, pas plus que du collège à la boxe. Ils ne savent pas. C'est une forme de liberté, de garder ses vies bien cloisonnées. Priscilla seule est au courant. Elle vient me voir boxer à l'entraînement. Elle s'y mettrait bien, elle aussi, mais sa famille refuse. Pas question d'aller boxer à Ménilmontant. Chez elle, ce n'est pas la boxe qui dérange, c'est Ménilmontant. Je sais aussi qu'elle n'aime pas venir chez moi. Non que Massiré refuse que j'amène des amis. Elle est au contraire toujours hospitalière, et même chaleureuse avec eux. C'est l'ambiance du 140 qui l'inquiète, et l'indifférence vaguement hostile à laquelle se heurtent les étrangers à la cité. Le regard des garçons, aussi, sur des filles déjà grandes. Elle n'est pas la dernière à faire des bêtises. Mais de là à se sentir à l'aise, il y a un pas. On a beau partager beaucoup, à quelques immeubles de distance, on ne vit pas dans le même monde.

Massiré, elle, est impeccable. Elle a bien essayé de me convaincre, au début, que les filles ne sont pas faites pour la boxe. Mais à partir du moment où elle a accepté, j'ai profité d'une totale liberté. Je la soupçonne même d'être d'autant plus solidaire qu'elle affronte par ailleurs des reproches, et d'autant plus contente quand je gagne. Cela dit, je crois bien que, dans ces années, la boxe est le cadet de ses soucis. Elle a d'autres raisons de s'inquiéter. Elle n'a plus de prise sur moi. Je suis devenue insolente, désagréable, brutale. Elle pense alors, elle me le dira plus tard, que je n'en sortirai pas. Je suis mal partie, je vais mal tourner. Elle a peur pour moi, pour elle, pour nous.

Elle qui consacre la plupart de son temps au travail, se débrouille pour avoir une vie au-dehors. Je me souviens d'un petit périple à la mer. Elle est invitée par une association qui travaille dans le quartier, ATD-Quart-monde ou le Secours populaire. Le groupe part une journée à la plage, en Normandie. Ma mère n'a jamais vu la mer. Elle se baigne en boubou. C'est une révélation. Quand je partirai en compétition sur une côte, elle me demandera toujours de lui rapporter une bouteille remplie d'eau de mer. Elle a inventé qu'il n'y a pas de meilleur soin pour la peau. Ma mère, baigneuse, dermatologue.

Au collège, le plaisir que j'avais à traîner avec les mêmes s'épuise. Décidément, je n'aime pas ce qu'ils aiment, je ne veux pas ce qu'ils veulent. Je me laisse embarquer mais l'excitation n'y est plus. Je me fais prendre, au Printemps Nation, en train de voler. Je n'ai rien dans les poches mais nous sommes en bande et les autres ont été pris sur le fait. Au commissariat, le policier qui m'a fait asseoir en face de lui parle calmement et sans colère. J'ai l'impression qu'il s'inquiète pour moi. C'est trop bête, je n'ai pas de casier, pas de casseroles, il serait vraiment dommage que je gâche mes chances. Je ne fréquente pas les bonnes personnes. C'est bon pour cette fois, dit-il, mais c'est fini, je ne veux plus te voir ici.

Massiré a été prévenue. Elle vient me chercher. Elle pleure. Je n'ai rien pour apaiser sa détresse, aucune excuse à présenter. Jamais je ne me suis sentie plus démunie. Je suis responsable. Nulle, consciente et responsable. J'ai fait ce que je pouvais faire de pire. Elle est en larmes et je ne supporte pas de voir sa détresse. Il faut que je me calme.

Pendant que je jouais les délinquantes au rayon maquillage du Printemps Nation, ma mère a organisé un Fort Alamo au 140. Les pouvoirs publics se sont enfin décidés à réhabiliter la cité, et ce faisant à modifier ce que son architecture a de plus désastreux. L'idée est peut-être parvenue en haut lieu qu'il y a un lien entre l'endroit où les gens vivent et la manière dont ils y vivent. Des esprits novateurs se sont sans doute avisés que la ville avait quelque chose d'un écosystème, que ses habitants se conformaient aux attentes et aux contraintes de leur environnement. Enfin bref, on va désenclaver tout ça, abattre des immeubles, percer des ouvertures, créer du passage et remettre au propre des appartements qui n'ont pas bougé depuis 1930. Le bâtiment que nous habitons a été vidé de ses locataires, qui ont été temporairement relogés... au 140, dans un autre bâtiment. En gros, on nous demande de bouger pour nous garder sur place. Pour Massiré, si c'est pour se retrouver dans le même pétrin, pas question de déménager. Qu'on lui donne une autre adresse, et alors elle ne sera que trop contente de faire ses bagages. En attendant, c'est non. Raisonnement simple, sensé, et apparemment inaudible. Chez les logeurs, on fait jouer l'attentisme, escomptant qu'elle finira bien par céder. Les voisins s'en vont un à un. Bientôt, il ne reste plus dans les étages que deux familles d'irréductibles, envahis de poussière, assiégés par le bruit des travaux. L'entêtement finit par payer. Une fois encore, Massiré a adopté la tactique gagnante.

Je termine ma troisième. Nous quittons le 140 pour emménager rue des Rigoles, tout près de la place du Jourdain. Nous sommes toujours dans le XXe arrondissement de Paris, mais l'existence à Jourdain n'a pas le même goût qu'à Ménilmontant. Sur l'échelle sociale, ce n'est pas la même chose d'être à l'avant-dernier ou au dernier barreau. Il existe en bas une catégorie de nuances difficilement perceptibles vues d'en haut. Les familles qui habitent rue des Rigoles sont modestes, pas misérables. Une frontière culturelle, plus qu'un écart financier, les distingue de celles du 140. Ici, on n'est pas relégué. Personne n'a le sentiment d'appartenir à son logement, de partager avec lui une communauté de destin. D'ailleurs, la cité n'est pas fermée. Les gens n'y cultivent pas cette propension à l'endogamie qui les conduit à se reproduire entre eux. Et puis, c'est peint en blanc. J'en suis venue à détester la sinistre brique rouge des cités parisiennes. On baigne dans l'animation populaire des rues de Belleville et des Pyrénées, des arbres bordent les trottoirs, l'église semble ordonner sur sa petite place les flux d'une foule active et mélangée. C'est un peu comme si nous étions de retour en ville, après un long séjour à ses marches.

Le changement de quartier marque la fin d'une époque. Priscilla redouble sa troisième. Elle rempile à Robert-Doisneau pour une année qui ne lui servira pas à grand-chose. Je fais ma rentrée de seconde à Paul-Valéry, pas très loin de la porte Dorée et du bois de Vincennes. Une partie des élèves vient du paisible XIIe arrondissement, et même des abords cossus du bois. Là aussi, c'est un changement de taille, et un soulagement. Les tensions sont moins vives qu'elles ne l'étaient au collège. J'ai peut-être aussi moins à prouver. Je m'apaise et, même, je m'amuse. Mes préoccupations sont en harmonie avec mon âge, de nouveaux amis, un peu de chahut, beaucoup de maquillage. Je fréquente plus distraitement la salle de boxe. Le programme des compétitions ordonne désormais mon emploi du temps sportif. Je pratique pour concourir, pas plus. Yves me laisse prendre en charge mon calendrier. Il m'accompagne juste au moment de monter sur le ring. Au lycée, c'est moins brillant. Je n'avais pas besoin de travailler beaucoup au collège pour obtenir des résultats corrects. Ça ne suffit plus. Il faudrait que je m'y mette, que j'étudie toute seule. J'en suis incapable. Mes notes s'effondrent. À la fin de l'année, je redouble.

Le redoublement n'a aucune vertu, ni émulatrice ni correctrice. Ma deuxième seconde confirme la première. Je ne me conduis pas spécialement mal, mais je ne fais plus rien. Ce n'est pas que je sois plus malheureuse. Au contraire. Mais je n'y suis plus du tout. D'autant que, pour la première fois de ma vie, je suis amoureuse. Ce qui se passe au lycée ne me concerne plus. J'ai autre chose à penser.

J'ai de plus en plus de mal à admettre la conduite de ma mère, qui a laissé sa porte ouverte à la famille qui nous a si complètement abandonnés quelques années plus tôt. Ils nous promettaient la misère et je les retrouve à notre table, dans notre salon, couchés dans une de nos chambres. Quand ils cherchent une adresse à Paris où dormir et manger, c'est chez nous qu'ils débarquent. Massiré les accueille. Dès que l'un quitte la place, parce qu'il a obtenu un titre de séjour ou qu'il a trouvé mieux ailleurs, un autre frappe à la porte. Tous ces gens ont une mémoire très sélective. On mange dans la même gamelle, on disparaît du jour au lendemain, et on revient comme si de rien n'était... Et ma mère joue le jeu. Elle donne ce qu'elle a gagné de si haute lutte, et qu'on lui a refusé à elle, une table, un lit. Elle n'attend même pas qu'on s'excuse.

Je fais la tête, je proteste. J'entretiens un conflit sourd et permanent qui nous empoisonne. Ce que je ne vois pas, c'est qu'elle est progressivement en train de reprendre la place d'aînée qui était la sienne en arrivant en France, et qu'elle a perdue en refusant de rentrer au Mali. Chaque accueil marque un point sur son petit échiquier. Il fournit une nouvelle preuve de sa fidélité, de sa capacité à soutenir et à protéger. Je la vois en victime exploitée. Elle travaille à reprendre sa position de dominante. Je perçois les choses à la française quand elle les conçoit à la malienne. Qui pourrait lui reprocher de vouloir retrouver une place dans l'ordre dans lequel elle a été élevée ? La France est son deuxième pays. Qui pourrait exiger d'elle qu'elle renonce au premier ? Que resterait-il d'elle, qui vit dans ses robes africaines, sa langue africaine, son *danbé* africain, si elle devait renoncer ? Quand bien même elle le souhaiterait, elle n'appartiendra jamais exclusivement à son deuxième pays. On ne portera jamais sur elle le regard indifférent qu'on porte sur une femme blanche, en costume occidental, sachant lire et écrire. Ici comme là-bas, qu'elle le veuille ou non, l'identité qui lui est assignée est et reste celle d'une femme africaine. Elle ne la refuse pas, ni ne s'en glorifie. Elle fait avec. Ce qui ne dépend pas d'elle, elle s'arrange pour l'accommoder. Je ne décolère pas.

Je tire parti de ce défilé en rencontrant l'un de mes oncles à la mode de Bretagne, de quatre ans plus âgé que moi. Galadjé vient d'une famille de Horons, de nobles. Il a tenté l'aventure plusieurs fois. Rejeté, il est toujours revenu. En parlant avec lui, je me fais une idée un peu plus claire de la famille et du peuple dont je suis issue. Si j'avais eu le choix, je me serais sans doute bien passée de ce retour sur mes origines. Mais la question ne se pose pas. Mes origines sont visibles. Elles sont même la première chose que l'on voit de moi. Dans le même temps, elles sont muettes. Nous n'avons pas connu la société dans laquelle ont grandi nos parents. Nous n'avons pas été élevés dans les récits des griots. Nos aînés ne se sentent pas détenteurs d'une culture menacée de disparition. Ce vieux rêve de retour au pays, fortune faite… Il faut se percevoir comme un peuple en danger pour organiser la transmission d'une histoire, comme d'un patrimoine, d'une distinction. Et puis, nous avons assez de soucis à vivre avec le présent pour nous préoccuper du passé. Des raisons, il peut y en avoir cent ou mille. Reste que notre couleur parle pour nous, et nous ne savons pas ce qu'elle dit.

Comme tous les enfants, mais avec un souci d'autant plus grand que je suis une enfant noire, je construis ma légende familiale. J'attrape des bribes d'informations au hasard des conversations. C'est un puzzle dont je dispose les pièces au petit bonheur. Elles me servent à me définir. À la question « Quelle origine ? », j'ai pris l'habitude de répondre que je suis bambara, dont le nom signifie « Ceux qui ont refusé de se soumettre ». C'est valorisant et pas tout à fait exact. Je viens d'une famille malinké. Comme les Bambaras, les Malinkés appartiennent au peuple mandingue, qui occupe une large partie de l'Afrique de l'Ouest, dont le Mali. Mes familles paternelle et maternelle appartiennent à la même caste que celle de Galadjé, celle des Horons. Mes ancêtres étaient probablement des Kakoros, chasseurs-guérisseurs animistes. Grands connaisseurs de leur milieu, ils avaient le pouvoir de soigner par les plantes. Il y a plusieurs siècles de cela, les Kakoros se sont installés sur le site de Mountan. De là le nom du village de mes parents, Kakoro Mountan. La vertu principale des Kakoros, qu'exaltent les récits épiques, est le *danbé*. L'arc et le carquois représentent leur hardiesse à la chasse et leur bravoure à la guerre. Les Kakoros sont des combattants qui préfèrent la mort au combat à l'humiliation d'une défaite.

Je complète moi-même, sur internet, ce que me transmet Galadjé. Le récit que je me construis a la vigueur de la littérature. C'est une matière vivante, qui se combine à ce que je vis. Je ne suis pas tombée de nulle part. Mon histoire s'inscrit dans celle d'une civilisation dont notre mère nous a transmis l'essentiel. Le *danbé* n'est pas une vertu abstraite et froide. C'est un héritage. Par lui, j'appartiens à des ancêtres, à ma mère, au monde. La jeune fille urbaine et occidentale que je suis est reliée par un fil invisible mais très solide au chasseur-cueilleur africain des récits héroïques.

Je ne crois pas que tout soit à préserver dans les mœurs ancestrales, ni qu'il faudrait enfermer chacun dans le système de pensée de sa famille. Massiré elle-même a choisi de rompre avec l'oppression qui s'exerce sur les femmes et les mères. On lui a opposé la tradition, l'histoire, le groupe. Elle s'est révoltée quand même. Mais en nous élevant dans le *danbé*, en travaillant à restaurer sa place dans le groupe, elle a finalement prouvé que sa vieille culture pouvait évoluer sans se briser. Après tout, les Français d'origine française, légitimement fiers de leur légendaire Vercingétorix et de sa glorieuse insoumission, ne se sentent pas tenus, parce qu'ils descendraient des Gaulois, de boire dans le crâne de leurs ennemis.

Les récits de Galadjé m'aident à construire un chez-moi mental assez confortable pour y vivre. L'esprit est assez vaste pour y faire cohabiter harmonieusement un chasseur-cueilleur kakoro et une église romane, une salle de boxe et un rayonnage de bibliothèque, le casque de Vercingétorix dans mon livre d'histoire et le casque de l'armée française dans la case de mon grand-père... N'importe quel Français peut se reconnaître dans cette petite combinaison imaginaire, que ses parents soient venus d'Italie, du Portugal, de Pologne, de Bretagne, de Provence, ou même du Pays basque. La plupart des habitants de ce pays ont au moins deux casques dans la tête.

La potion culturelle que je m'administre relève du domaine privé. Je tolère mal que d'autres s'en chargent, et l'exposent, sans rien me demander, dans le domaine public. Quand je gagne des compétitions, je suis généralement présentée comme « Française d'origine malienne ». Je défends les couleurs bleu-blanc-rouge, je suis fière de boxer pour mon pays et toujours émue d'entendre *La Marseillaise*, mais ça ne suffit pas. Il reste encore à préciser mon origine. Les autres n'ont pas droit à tant d'égards. Est-ce qu'on dit « Française d'origine française » ? À la fin, c'est comme une gifle. J'ai l'impression qu'on me refuse l'appartenance de plein droit au pays qui est le mien. Française peut-être, mais Française d'origine. Ce qui devrait sonner comme une addition tombe comme une soustraction. Un « à peu près », un « pas vraiment ». S'il faut vraiment me situer, je préfère qu'on me caractérise comme « Française de Ménilmontant ». Au moins, c'est une origine palpable. Ma part africaine est à moi. Je l'ai décidée et construite. Il ne revient qu'à moi de choisir quand je la divulgue.

On ne peut pas passer sa vie à repiquer des secondes. Et je n'ai rien fait qui mérite qu'on me garde dans l'établissement. Je suis virée de Paul-Valéry. Je me retrouve sans lycée. Le garçon que j'aimais vient de me donner mon congé. La rupture n'a rien de flamboyant. Nous nous séparons sur un malentendu imbécile. Je ne fais pas d'effort pour le récupérer. S'il est facile de nous séparer, c'est que notre association ne valait pas grand-chose. Je n'ai plus rien devant moi. Même l'école m'a laissée tomber. Je m'effondre.

Rien ne vaut plus la peine de se battre. J'ai perdu. Je ne sors plus de chez moi. Je reste allongée toute la journée. Je dors jusqu'à épuiser le sommeil. Plus de désir, plus de goût, plus d'énergie. Pour la première fois de mon existence, je suis en dépression et je ne le sais pas. Est-ce que je sais seulement que je suis malheureuse ? Je n'attends pas, je n'espère pas. Autour de moi, tout semble définitivement figé. C'est un été interminable. Je ne peux pas descendre plus bas. J'ai atteint le fond.

Au réveil d'une de mes siestes interminables, je rejoins ma mère dans le salon. Je m'assieds à côté d'elle et je pose la tête sur ses genoux. Elle ne m'éloigne pas. Sa main caresse mes cheveux. Je suis traversée par une émotion d'une force inconnue. Nous avons vécu toutes ces années sans jamais nous serrer dans les bras, sans jamais nous embrasser, sans jamais nous toucher. Mais il a suffi que je pose la tête sur ses genoux pour changer la règle.

Les vacances d'été touchent à leur fin et je fais la paix avec moi-même. Alors que je marche en direction de la place Gambetta, toutes les petites pensées hostiles qui m'encombraient jusque-là se mettent en ordre. J'ai passé ma vie à me battre. Tout ça pour me retrouver là où je suis, c'est-à-dire nulle part. C'est trop de colère, et trop d'énergie perdue. Je peux certainement faire autrement, renoncer aux affrontements, et m'occuper de moi. Pour commencer, je vais me trouver une école.

Je rassemble mes bulletins minables et je commence un porte-à-porte. Aucun établissement ne veut de moi. J'arrive enfin au lycée Martin-Nadaud. Premier miracle, le CPE ne me chasse pas. Il prend le temps de m'écouter. Il est même gentil. Ce n'est pas gagné pour autant : « Nos classes sont déjà faites... Mais on ne sait jamais... Repassez. » Je reviens dans l'après-midi. Il me reçoit, me laisse parler, me renvoie encore. « Je ne suis pas sûr... Revenez... On verra bien. » J'y retourne. Entre-temps, pour mettre toutes les chances de mon côté, je remonte mes notes au Tipp-Ex. Il le remarque certainement, mais il ne dit rien. Peut-être y voit-il la preuve moins de ma malhonnêteté que de ma détermination... Au troisième entretien, il me propose un pacte. Je m'engage à respecter la règle et à ne pas me faire remarquer. À cette condition, il a une place pour moi. Je promets, il m'inscrit et je rejoins ma nouvelle classe le jour même. Un lycée à taille humaine, des enseignants conciliants, des repères, Martin-Nadaud est ce qui peut m'arriver de mieux. Quel soulagement.

Au fur et à mesure que je reconstruis notre histoire, je retrouve les figures lumineuses de ceux qui nous ont aidés. Parmi elles, celle de Marc, qui travaille comme assistant social à l'hôpital Tenon. Il a connu Massiré comme patiente puis comme collègue. Personne ne l'oblige à s'occuper de ses intérêts. Mais il n'arrive pas à admettre qu'aucune indemnité ne lui ait été accordée après l'incendie. Il pourrait se résigner, comme elle l'a fait, à la chose jugée. Mais non. Il cherche un avocat qui accepte de reprendre le dossier. Ça semble simple, c'est très compliqué. Personne ne veut de notre dossier pourri. Il rencontre alors Serge Beynet, avocat à la cour. Son cabinet s'est spécialisé dans l'indemnisation des victimes. Lui-même est vice-président de la très institutionnelle association Paris Victimes. Débarque chez lui tout ce que la malchance, la violence et l'injustice fabriquent de malheureux et d'estropiés. C'est une curieuse activité que de côtoyer à longueur de journées des vies brisées par les agressions et les accidents. Je ne sais pas si c'est son métier ou si notre histoire l'afflige, mais j'ai l'impression que notre avocat ne se départit jamais d'un masque de gravité désolée. Et quand il sourit franchement, ce qui est rare, sa réserve donne à ses sourires une chaleur toute particulière.

Le cabinet de Serge Beynet reprend un dossier pour lequel rien n'a été vraiment entrepris.

Il saisit la Commission d'indemnisation des victimes, la CIVI. Débouté. Le délai de saisine de trois ans est dépassé, notre affaire est frappée de forclusion. Il fait appel de la décision. L'appel est reçu sur la base du rapport d'expertise d'un psychiatre qui établit la détresse de Massiré, incapable à l'époque de défendre ses intérêts. La CIVI saisit alors la Cour de cassation, qui casse l'arrêt de la cour d'appel. Nous sommes revenus au point de départ. Il faut maintenant se retourner contre l'avocat qui a fait échouer deux fois notre demande d'indemnisation. C'est une démarche rare et pénible. On n'attaque pas ses collègues de gaîté de cœur. Mais c'est le seul moyen que nous avons à notre disposition.

Le 13 décembre 1996, un arrêt de la cour d'appel de Paris nous rend raison. Puisqu'il est établi que mes parents possédaient des cartes de résidents, que leurs enfants étaient français, et que l'incendie était d'origine criminelle, nous remplissons aux yeux de la loi les conditions nécessaires. L'indemnisation nous sera versée par le Fonds de garantie des victimes des actes de terrorisme et autres infractions.

Rien ne viendra jamais réparer la catastrophe. La mort de Sagui et de Massou ne peut pas être mise en balance avec une quelconque indemnisation. C'est tout autre chose qui naît de cette impossible association : le sentiment de justice. La justice ne nous rendra pas ceux que nous avons perdus. Mais elle restaure le lien avec le vivant, avec les vivants. Elle me confirme aussi dans mon appartenance à mon pays. Sa loi me reconnaît. Il me juge et me protège comme l'une des siennes. Ce n'est pas que je me sentais étrangère jusque-là, c'est que cette fois je tiens une certitude.

J'ai un vrai talent pour vivre au jour le jour. Je ne me suis jamais projetée dans le futur. Au moment de choisir une orientation d'après-bac, je suis perdue. Je n'ai pas vraiment choisi de passer un bac comptabilité-gestion. J'ai pris la voie qu'on me proposait. Mais après ? Je regarde sur la feuille de ma voisine. Elle demande une fac d'histoire. Je m'inscris en histoire.

Je n'ai pas de méthode, pas d'outils et pas de projet, ce qui me laisse assez peu de chances de réussir. Je prends vite l'habitude de choisir parmi les cours. Pour ce qui est de l'histoire, je n'apprends pas grand-chose. Mais je découvre la sociologie. La sociologie, chez moi, qui en a jamais entendu parler ? Le 140 rue de Ménilmontant, ou même la rue des Rigoles, font pourtant de très bons sujets d'étude. Si seulement j'avais su… Plutôt que de m'égarer dans un cursus en histoire, c'est en socio que je me serais inscrite. Je n'aurais pas fréquenté la fac de la même manière. Des quelques éléments que j'ai appris cette année-là, je n'ai rien oublié. C'est beaucoup et trop peu à la fois. La structure universitaire n'est pas faite pour les enfants comme moi. Un an suffit pour comprendre à quel point les moyens me manquent. L'expérience pourrait s'avérer désastreuse. Mais pour être malheureuse de l'échec, il faudrait que j'aie investi quelque chose dans l'affaire. L'avantage du dilettantisme, c'est qu'on risque moins de souffrir d'ambition déçue.

Comme la plupart des étudiants de mon milieu, je travaille. J'ai postulé pour une place de caissière au Auchan de la porte de Bagnolet. Sur les trois cents caissiers de l'hypermarché, nous sommes quatre-vingts étudiants. Nous avons des contrats de quinze heures. Je travaille le mercredi et le samedi de 15 heures à 22 h 30. Pendant les vacances, nous pouvons augmenter nos heures, jusqu'à trente par semaine. Je me lie très vite à Marianne, qui suit des études de langues à Censier et sera plus tard institutrice. Avec Siriphone et Khadija, qui sont en droit, nous formons un petit groupe solidaire, qui quitte le travail à 23 heures, après la fermeture des caisses, et poursuit la nuit en boîte. En comptant les petits amis et les amis d'amis, la bande compte vite quinze ou vingt personnes, habituées de l'Opus Café, au bord du canal Saint-Martin.

Entre les cours auxquels j'assiste et les heures de caisse, il me reste du temps. Assez pour travailler quelques heures chez Pizza Hut, et même ailleurs. J'en arrive à cumuler trois emplois. Ce qui me vaut dans le groupe le surnom à moitié flatteur de « La Roumaine ».

Fidèle à moi-même, je garde tous mes mondes bien séparés les uns des autres. C'est en regardant la télévision que Marianne découvre, presque un an après que nous nous sommes rencontrées, que je fais aussi de la boxe. J'en fais même sérieusement, à raison de deux entraînements par jour. Je me suis préparée tout l'automne pour les championnats du monde de boxe française, qui devaient se dérouler en hiver. Ils ont été repoussés au printemps. Et en mars, pour la première fois, je suis championne du monde. M6 diffuse un petit sujet, et mes collègues de la caisse comprennent pourquoi j'ai demandé un samedi de congé... Nous nous retrouvons à vingt à l'Opus Café pour fêter la victoire. Quelques amis de la boxe croisent brièvement mes amis de la caisse, et j'ai la sensation inconfortable d'être partagée entre plusieurs univers parallèles.

C'est là pourtant que je rencontre la première personne auprès de laquelle j'arriverai à raccommoder le tissu déchiré de ma vie. Marie est l'une des filles de la bande à laquelle j'appartiens, avec Marianne, Séverine, Kadi, Asa. Une blonde, plutôt frêle, aux yeux bleus, une très différente qui devient au fil du temps une toute proche. Marie vit seule depuis qu'elle a dix-huit ans. Elle est méthodique, pragmatique, rationnelle. Et elle ne juge jamais. Sa mère est enseignante spécialisée, son père graphiste, sa famille aussi importante que dévorante. Quand je fais sa connaissance, elle est étudiante. Plus tard, elle sera assistante sociale et s'occupera de la prise en charge administrative des malades atteints du sida. Nous nous approchons petit à petit, c'est une histoire d'apprivoisement. Marie parle la première. De son horreur de l'injustice, de sa famille, de ses amitiés. Elle raconte l'histoire de sa famille. Son père est breton, sa mère juive polonaise. Son grand-père maternel, polonais, s'est battu en Espagne dans les Brigades internationales, avant de rejoindre la Résistance lyonnaise après l'appel du 18-Juin. Il rencontre sa grand-mère à Paris, où elle cache des enfants juifs. Ils se marient en 1945 et partent en Pologne. Côté paternel, son arrière-grand-mère, qui tient une boucherie en Bretagne, soutient et nourrit les réseaux cachés dans la forêt. Arrêtée, elle est torturée et déportée, à Drancy, Dachau puis Buchenwald. Elle échappe à la mort. Marie raconte et je l'écoute, submergée d'émotions. Elle m'ouvre la porte. À mon tour, je me sens libre de dire l'histoire des miens. C'est la première fois. Quand j'ai terminé mon récit, elle laisse passer un court silence, et ponctue, elle qui m'appelle d'habitude « ma petite Aya » : « Ben dis donc, ma vieille… » Elle ne s'étend pas. La vie continue. Marie est l'une de ces personnalités fortes et singulières avec lesquelles je me reconstruis lentement. Moi qui ai cru si longtemps que je ne m'entendais pas avec les filles…

À l'automne, j'entre comme comptable dans une entreprise qui vend des emballages pour textiles. L'équipe compte une quinzaine de personnes. L'ambiance est familiale, je m'entends bien avec le patron. C'est le genre de boîte où l'on passe sans formalité d'un poste à un autre, personne n'y compte ses heures. Quand je ne suis pas à la compta, je vends aux particuliers. Après trois ans de ce régime, je sais à peu près tout faire. Je sais surtout que je peux assimiler très vite la plupart des techniques. Je travaille beaucoup. Et je laisse tomber la boxe.

Je me sépare en douceur du petit ami avec lequel j'ai une liaison depuis quatre ans. Aux débuts de notre histoire, ma mère n'a pas très bien pris le fait qu'il soit d'une famille algérienne. Il a fallu qu'elle se raisonne. Chez lui aussi, on s'est résigné à mon origine africaine. Les familles immigrées cultivent une hiérarchie tatillonne des alliances, fondée sur on ne sait plus trop quoi, de très anciens contentieux historiques et culturels, probablement. Si on ne se marie pas dans sa religion, sa couleur de peau et son pays d'origine, ça ne va pas. À l'intérieur du « ça ne va pas », il y a pire et moins pire, le tout étant pondéré par le genre (selon qu'on marie une fille ou un garçon). Un Africain noir musulman, pour un Arabe musulman, peut être pire qu'un Français blanc chrétien. Il n'y a que l'expérience pour dissoudre le préjugé.

Nous sommes parvenus à instaurer de nouveaux accords et nous allons d'un appartement à l'autre, très proches au début, plus distants au fil du temps. Je pense encore qu'une liaison amoureuse n'est jamais qu'une grande perte d'énergie. Elle finit toujours par détourner des objectifs qu'on s'est donnés. Si j'ai eu des coups de cœur, la perspective des contraintes qui allaient suivre m'a dissuadée jusque-là de m'engager. Cette longue histoire (quatre ans quand même) est une exception dans ma vie. Quand arrive le moment de nous quitter, nous nous éloignons en douceur. Nous pouvons nous offrir le luxe de rester amis.

Après trois ans dans la même entreprise, je démissionne et je suis embauchée chez PPR (Pinault Printemps Redoute), au pôle Sport. Je travaille, toujours comme comptable, pour les magasins spécialisés du groupe, Citadium, Made in Sport. L'équipe est très jeune, les employés, autonomes, chacun gère ses horaires. L'ambiance est si bonne qu'on tolère le travail en open space.

Il se passe alors quelque chose de tout à fait étonnant : on dirait que je suis devenue parfaitement normale. J'ai un boulot qui occupe la majeure partie de mon temps. Des amis recommandables, des collègues sympathiques. Il y a deux ans que je n'ai plus remis les pieds à la salle. Elle ne me manque pas. Je n'ai plus envie de faire des efforts.

Mais on n'échappe pas si vite au passé, ni au futur qui guette. Un soir que je passe voir Issa au Coopyr, je m'attarde. L'entraîneur me passe des gants. Je remonte sur le ring pour un court échange. C'est déroutant, tout est en place. Je reviens, une fois, deux fois. L'entraîneur me glisse, l'air de rien : Un championnat de France dans un mois et demi, ça te dit ? Pourquoi pas… J'aurai une bonne raison de revenir à la salle. Je reprends l'entraînement. Je gagne. J'ai le sentiment de renouer avec une vieille histoire. Depuis mon premier championnat de France, quand j'avais douze ans, jusqu'au dernier, en élite seniors, quand j'ai eu vingt ans, je les ai presque tous gagnés. La même année, en 2003, je dispute les championnats du monde. Je les remporte pour la deuxième fois. Et maintenant, quoi ? Est-ce que je vais répéter la même chose toute ma vie ?

Le problème de la boxe française réside dans son petit côté foutraque. Les filles jouent au yo-yo avec leur poids. Elles maigrissent et grossissent en fonction des combats qu'elles ont le plus de chances de gagner. Impossible de se fier aux dates des compétitions : les organisateurs les déplacent sans cesse. Quand elles ont lieu, ce sont les adversaires qui ne viennent pas, et je me retrouve au dernier moment avec un forfait. En règle générale, les boxeuses sont trop peu nombreuses. Les filles viennent souvent des pays de l'Est. Elles boxent en mercenaires et font parfois faux bond. En 2005, je me retrouve avec un ultime forfait pour l'attribution du titre de championne du monde. Pas de combat, pas de troisième sacre. J'en ai assez.

Je n'ai pas besoin d'aller très loin pour changer de monde. Au quatrième étage du 114 rue de Ménilmontant, le Coopyr partage une salle avec un club de boxe anglaise, le BC Paris XX. Ali s'y entraîne sous la direction de Jean Rauch pour passer ses diplômes de moniteur.

Jean Rauch ne me voit pas arriver chez lui d'un très bon œil. Il n'adore pas la boxe féminine, pour ne pas dire qu'il s'en méfie, et même qu'il ne l'aime pas du tout. Ce n'est pas qu'il interdise franchement aux filles de s'entraîner. Il fait de son mieux pour les décourager. « Les pauvres, dit-il d'un air faussement compatissant, elles me font pitié. » Se mettre des coups n'a rien de naturel. La femme étant pour lui un être essentiellement naturel, elle a tout à gagner à se tenir à l'extérieur des cordes. Courir, marcher, oui. Boxer, non. Laissez tomber, mesdames.

Il commence donc par m'annoncer : Ici, on n'entraîne pas les filles. Il ne veut pas ? Je me passerai de son vouloir. Il me laisse venir, mais feint de ne jamais m'adresser un regard. C'est tout juste si je le croise aux transitions. Il me snobe avec constance. Tant pis. Ses élèves me font travailler, Samba, Nicolas, et Michel, son beau-fils. Les choses s'arrêtent là.

Le bizutage dure un mois, deux mois. Et puis j'abandonne. Ce n'est pas tant que l'entraîneur m'ignore... Mais le passage est trop dur. On ne se sert plus que des poings. Les coups pleuvent au visage. Je n'ai pas spécialement envie d'avoir la tête déglinguée. Je suis la seule fille de la salle. Et les types ont beau être gentils, ils sont costauds. J'ai l'impression que je n'arriverai jamais à tenir dans la durée. Le vieux doute revient, lancinant : À quoi bon ?

Je m'absente tout le mois de novembre. Et puis non. Vaincue sans combat, ce n'est pas moi. On ne peut pas me décourager comme ça. Je reviens, piteuse. Pas d'interrogatoire, pas de sermon. Dans le petit monde de la boxe anglaise, on ne pose pas beaucoup de questions, peu de mots suffisent. On dit : T'es là ? Et puis : Ça fait longtemps…

Cette fois, Jean ne peut plus faire semblant de ne pas me voir. Il daigne venir jusqu'à moi. S'il a réussi à éviter les filles jusque-là, c'est terminé. Il pense certainement toujours que « ce n'est pas féminin ». Mais puisque je suis là pour rester, il consent à s'occuper de moi. Mon entraîneur est un homme de principes. Il estime que « pour aller à l'effort, il faut qu'on s'aime bien ». Nous allons donc travailler dans l'affection, la tendresse parfois. Il m'appelle « ma fille ». Je l'appelle « Jeannot ». « Ma fille, dit-il donc, tu ne peux pas te contenter d'être bonne. Il va falloir que tu sois capable de faire des performances. »

Je suis profondément heureuse de venir à la salle. Passé le seuil, j'entre dans une bulle, un cocon, où rien de mal ne peut m'arriver. Autour de moi, on considère la boxe comme un sport violent. Mais je trouve, moi, que la vie est violente. Ce qu'elle inflige sans crier gare est autrement plus douloureux que ce qu'on risque entre les cordes. Sur un ring, j'éprouve une sorte de bien-être, de quiétude même. Je suis prévenue des coups, je les attends, je les contrôle. Il n'y a personne pour venir me frapper par-derrière. D'ailleurs, s'il arrive qu'on se dispute, on attend d'être sorti de la salle pour régler ses comptes.

C'est aussi un monde où la séduction n'a pas sa place. Les garçons sont trop nombreux pour qu'on laisse planer la moindre ambiguïté. Si je veux me faire une place, il faut que j'impose le respect. Je ne recule pas devant l'effort, je ne me plains pas, je ne minaude pas. Je suis jugée sur mes qualités sportives. C'est peut-être un univers masculin, mais je m'y sens chez moi.

Les garçons aussi peuvent être coquets, ou bavarder comme des pipelettes. À la sortie des douches, je prête ma crème à qui a oublié la sienne. Ils le méritent, ils sont beaux, Samba, à l'élégance peule, ou Nicolas, de famille italienne, toujours flanqué de son acolyte, Christian. Je n'ai pas besoin, ni envie, de mimer leurs attitudes viriles. Je ne trouve pas de charme particulier aux corps bodybuildés.

À la fin de l'entraînement, je vérifie que mon nez, mes lèvres sont toujours en place. Il m'arrive bien de prendre un coup sur le nez, de penser qu'il est cassé... mais non. J'ai la chance d'avoir une peau qui ne marque pas, les arcades qui tiennent et le nez qui saigne peu. Normalement, je devrais porter un casque. Mais c'est inconfortable, et je n'en portais plus en boxe française. Je m'en passe, mais je fais attention. Cette hantise de la marque au visage n'est pas une manie narcissique. Je ne veux pas qu'on puisse m'enfermer dans l'image de « la boxeuse ». Je ne suis pas une attraction.

Je n'arrive pas au BC sans rien. Je travaille depuis que j'ai huit ans. Je boxe en compétition depuis que j'en ai neuf. J'ai appris à gérer l'espace, le stress, et j'ai développé une force physique suffisante. J'ai l'habitude de m'entraîner et une bonne expérience du ring.

Techniquement parlant, le Coopyr est l'un des meilleurs clubs de France. Mais la technique de la savate est différente de celle de la boxe anglaise. Je dois oublier mes réflexes et réapprendre les appuis. Il faut que je me défende d'utiliser mes jambes, que je réajuste mon buste.

Je m'en prends plein la tête. Il y a longtemps que je n'ai encaissé autant de coups. Rien ne fait plus mal que quelques bonnes droites d'affilée, surtout lorsqu'elles viennent d'un sparring comme Doudou. Je sors sonnée.

Hors période de compétition, et sans compter les footings, je m'entraîne trois fois par semaine, trois heures par séance. J'arrive, je m'habille, je monte sur le ring, c'est la mise de gants, le sac, les abdos, les étirements... Ce serait insupportable sans l'ambiance du club. Nous sommes une quarantaine à nous entraîner dans la petite salle. Quand il faut faire de la place, tout le monde se pousse. Il se trouve toujours quelqu'un pour porter la voix et encourager ceux qui travaillent. Ça parle, ça rit beaucoup et on n'a jamais froid. Après l'entraînement, nous sortons ensemble. C'est chaleureux, familial, bon enfant.

Jean y est pour beaucoup. Il a entraîné des professionnels pendant une douzaine d'années, et dans les meilleurs clubs. Puis il en a eu assez. « Se faire casser la tête pour trois ronds », ce n'est pas l'idée qu'il se fait du sport. Ce qu'il aime, c'est l'« espérance sportive ». Sa vocation, ce sont les amateurs. Quand je le rencontre, il est dans le milieu depuis plus de quarante ans. Il a entraîné des générations de boxeurs. Il doit savoir s'y prendre parce que, quand ils vieillissent, ses élèves reviennent, avec leurs enfants, puis leurs petits-enfants. Ils sont à la salle comme chez eux. Ils en aiment l'odeur, la chaleur, et le bruit. Les petits leur servent de prétexte, ils les accompagnent, ils les poussent. Conséquence : il est impossible de s'entraîner sans avoir des gamins dans les pattes.

Les anciens financent le club. C'est un choix. Pas question de pomper l'argent de l'État. Ici, on ne demande pas de subvention. Jean ronchonne : « J'en ai marre de cette mentalité... Je fabrique des démerdards, pas des assistés. Il faut que les gens se battent. Ceux qui savent se battre sur un ring savent se battre dans la vie. » Il enseigne le respect des règles, des adversaires, des cordes. Dans ces conditions, quémander de l'argent serait pire qu'une contradiction. Ce serait une sorte de parjure.

Pour faire vivre le club, chacun apporte ce qu'il peut, quand il peut, qui un chèque, qui une corde à sauter. Le ring est bricolé. Les sacs sont recousus, scarifiés de bouts de sparadrap. Mais le club n'a de comptes à rendre à personne. C'est une question de liberté, je soupçonne même que c'est une affaire d'honneur.

Jean n'est pas un homme de dogmes, au sens où il se protégerait derrière des avis rebattus, consensuels, et pour finir inoffensifs. C'est juste qu'il a des idées très arrêtées. J'ai en lui une confiance sans réserve. Il ne parle pas sans connaître, et ce qui vaut pour les autres vaut aussi pour lui.

Un père fondeur, une famille de huit dans un trois pièces-cuisine, une enfance modeste. Il proteste : « On n'était pas malheureux. » Deux ans de régiment, la guerre d'Algérie, des débuts dans la mécanique. Et un copain qui lui suggère un jour de venir avec lui à la salle plutôt que de faire le coup de poing le samedi soir. Il y va, s'y plaît, épouse la fille de son entraîneur. Dans un sens, il n'en sortira plus. Pourtant, il n'envisage jamais d'arrêter de travailler. Mécanicien, dépanneur, routier, déménageur, il est boxeur et entraîneur dans le temps qui lui reste. Autant dire qu'il n'est pas souvent chez lui. Mais, pour le peu qu'il y est, il a le don de transmettre ses passions. Sa fille est prof de gym, son beau-fils, entraîneur. Il n'y a que sa femme pour résister. Fille, épouse et belle-mère de boxeurs, elle en a peut-être sa claque.

De lui-même, Jean assure qu'il n'a jamais fait un bon boxeur. Ce qui n'empêche pas de faire un bon entraîneur, au contraire. Formé par son beau-père, il fait travailler des boxeurs professionnels, dont beaucoup viennent d'Afrique. Ce sont des hommes qui combattent pour manger. Il ne les en estime pas moins, mais il le regrette. Mercenaire, ce n'est pas l'idée qu'il se fait du sport, ni de la vie.

Quand il a douze ans d'expérience derrière lui, il monte son propre club. Il aime la boxe, il aime entraîner, il aime « ses garçons », il veut s'amuser. C'est ce qu'il dit. Ce qu'il veut surtout, c'est faire ce qui lui chante, à sa manière et chez lui. Il n'attend pas pour cela qu'on le paie. Il a choisi son camp, à moins que son camp l'ait choisi : « C'est ma classe sociale qui m'a poussé à être bénévole. »

L'argent ne l'intéresse pas, ni le pouvoir, ni la reconnaissance sociale. Dans le monde des associations comme dans celui de la boxe, c'est un homme à part. Je ne l'ai jamais entendu développer le discours rassurant qui prétend que le sport sauve de tout, spécialement de la misère et de la délinquance. Il est très fort pour s'inscrire en faux contre les vagues espoirs suscités par les réussites spectaculaires.

S'en sortir par le sport ? Il hausse les épaules. Trop facile. Si ça suffisait, ça se saurait... L'argent des subventions sert tout juste à acheter un peu de paix sociale. Développer les écoles de musique, de théâtre, de peinture ferait aussi bien l'affaire. Il n'y a pas que le sport et le rap dans la vie, soupire-t-il. Ce sont des garderies à moindre prix, ce n'est pas bien.

L'opposition du Bien et du Pas Bien tient une grande place dans sa vision des choses. Pas bien, l'exploitation de l'autre. Pas bien, l'appel aux deniers publics. Pas bien, l'assistance généralisée. Pas bien, le recours au sport comme remède universel aux maux de la société.

S'il aime les « mômes » qui viennent à la salle, c'est qu'ils lui rappellent son enfance. Ceux-là, ce n'est pas le sport qui les change, c'est la rencontre. Se savoir écouté, pouvoir se confier, le Bien est là. C'est ne pas exister qui est dur, dit-il encore. Il conçoit son club comme une famille, une équipe de copains. La vie y compte pour plus que la boxe. Il nous interdit d'abandonner le travail pour l'entraînement. Il se félicite qu'on le quitte pour reprendre des études. Il nous le répète : la boxe s'arrête, la vie continue. Amusez-vous.

Venant d'un entraîneur sans talent, on pourrait soupçonner la posture. Mais Jean sait former des champions. Seulement, il n'emmène sur le ring que ceux qui le veulent vraiment. « Je ne jette pas mes boxeurs dans l'arène. J'attends qu'ils soient prêts. » Il scelle avec eux un pacte qui les préserve de l'échec. Il sait ce que la compétition suppose de sacrifices et de souffrances, pour un aboutissement qui peut s'avérer cruel. En boxe, il n'y a pas de deuxième ou de troisième place. On gagne ou on sort. Celui qui perd se retrouve seul. Il lui est arrivé d'insister pour qu'un de ses boxeurs abandonne, et de se désoler qu'il s'entête. Il constate, mi-rêveur mi-désabusé : « La plupart des boxeurs sont capables d'aller jusqu'au bout par orgueil. »

Je m'entraîne au BC depuis bientôt un an. J'ai conservé mes acquis, rapidité, souplesse, précision dans le déplacement. Je leur ai ajouté de nouvelles compétences, de nouveaux coups aussi, comme l'uppercut. J'ai maintenant une grande diversité de jeu. Je peux avancer, reculer, amener des pas de côté. Rares sont les filles qui savent reculer en boxant. Pour beaucoup, elles ont du mal à construire leur boxe, à s'organiser sur le ring. Elles y mettent certainement du cœur, mais le coût physique est énorme. Donner deux coups et en prendre un, c'est déjà trop. On ne va pas à la guerre sans encourir une sanction immédiate. Boxer en permanence contre des garçons m'a appris à développer une boxe de roublarde. Je privilégie la patience, l'évitement, le coup d'œil.

Autour de Jeannot, on commence à demander quand il se décidera. Elle sait boxer, elle a de l'expérience, qu'est-ce qu'il attend ? Lui reste de marbre. Ses arguments sont imparables. « Elle a le temps, on peut faire une carrière très courte et très belle. » Ou : « Je ne veux pas que mes mômes se fassent défigurer. »

Jeannot veut des boxeurs irréprochables – sur ce point, il est de la même école qu'Yves Gardette. Il m'avertit : « Tu n'es pas là pour faire briller l'autre. Si tu ne veux pas être ridicule, il faut mettre toutes les chances de ton côté. »

« Je t'ai fait souffrir un petit poil », rappelle-t-il aujourd'hui avec un sourire en coin. Longtemps, il se contente d'observer. Il intervient assez peu. Il donne ses conseils sans s'attarder. Je travaille avec ses boxeurs. Ils prennent sur leur temps d'entraînement. Samba me sert de partenaire. J'adore sa devise : « Force et courage. »

Nicolas décortique techniquement tous mes coups, et m'emmène courir en semaine et les week-ends. Leur regard a évolué. Ils m'ont vue arriver avec un peu de scepticisme, ils ont changé. Pour marquer leur approbation, ils utilisent une expression sans emphase : « Franchement bien. » C'est d'autant plus méritoire qu'il y a certainement quelque chose de frustrant à se faire narguer par une fille. C'est aussi que, dans la boxe, on ne combat pas seulement pour soi. On combat pour son club. Toutes les victoires sont des victoires d'équipe. D'ailleurs, quand je gagnerai, c'est à eux que je penserai, à notre réussite commune. C'est pour eux que je serai fière et heureuse.

Jeannot fait pour moi une chose qu'il n'a encore jamais faite. Cette histoire de boxe féminine... Il veut voir de quoi il retourne, en vrai. Il décide de se rendre aux finales du championnat de France. Direction Aubervilliers. Et, là, il jubile. Son Aya a toutes ses chances. Il est même tout plein d'une commisération pateline pour mes futures compétitrices. Il anticipe joyeusement un « massacre », c'est son mot. Il me demande :

« Qu'est-ce que tu en penses ?
— Même pas peur.
— L'année prochaine, c'est ton tour. »

M'inscrire n'est pas si facile. Les règlements sont tatillons. Je n'ai qu'un an de licence de boxe anglaise, et pas de compétition à mon actif. Enfin, on y arrive, et je combats à Vendôme pour la première fois. Le tirage au sort m'envoie directement en demi-finale. À mon désappointement, mon adversaire déclare forfait... J'entre donc en finale. Un an d'entraînement, c'est peu. Je suis inquiète. Quand j'ai quitté la boxe française, on m'a promis l'échec... « Beaucoup s'y sont cassé les dents avant toi. » Je ne peux pas me rater.

Le combat dure à peu près trente secondes. L'autre boxeuse est comptée trois fois : elle tombe une fois, deux fois, puis elle perd ses moyens et elle est comptée une troisième fois, debout. J'ai gagné ? Je suis trop surprise pour réagir. J'ignore comment les choses sont censées se passer en boxe anglaise, je n'ai pas l'habitude... Je ne savais même pas que nous devions nous saluer au milieu du ring, avant de retourner dans nos coins respectifs pour attendre le gong qui annonce le début des hostilités ! Je cherche Jeannot des yeux : Qu'est-ce que je fais maintenant ?

Quand je descends, il triomphe. Il me glisse :
« Tu vas voir, ils vont t'appeler.
– Qui ?
– La Fédé. Tu vas intégrer l'Équipe de France. »

Nous formons un drôle d'attelage, tous les deux. Pour des battants, nous y allons à reculons. Je l'ai averti : je ne vais pas traîner sur le ring. Je travaille trois ou quatre ans et je me retire. J'ai d'autres projets, je veux reprendre des études. Je me fais de l'argent et je retourne à l'école. Il m'a prévenue : Tu gardes ton boulot, sinon ils te boufferont. Tu pourras gagner toutes les coupes et les médailles que tu veux, tu n'auras pas de vie.

Jean entretient une méfiance exaspérée envers la majorité des responsables de clubs et de fédérations. Il les soupçonne de considérer le boxeur comme le plus court chemin qui mène l'entraîneur à la subvention. Démonstration : l'entraîneur entraîne le boxeur, qui gagne des titres, qui rapportent des crédits. Son intérêt est donc de former des spécialistes de la compétition, dans l'intérêt du club et au mépris de celui du sportif.

Le Sport selon Jean obéit à d'autres commandements. Premièrement, il ne faut pas confondre le sport et la performance. Énoncé à la manière johannesque : « Champion ou pas champion, moi, je l'aime quand même. Ce qui compte, c'est qu'un sportif aille au bout de ses limites. » Deuxièmement : l'athlète est au centre du dispositif. C'est lui qui fait le club, et l'entraîneur. Tout vient de lui, et doit en conséquence lui revenir. L'entraîneur n'est jamais que celui qui l'aide à développer ses capacités. Soit : « Un maladroit reste un maladroit. Mais avec celui qui est bon, tout ce que tu dis, ça marche. Avec les gens doués, c'est facile. »

Trois semaines plus tard, effectivement, on m'appelle pour un combat test lors d'un stage de l'Équipe de France. Je ferai l'aller-retour en vingt-quatre heures. Les Italiennes sont invitées. Je vais mettre les gants contre l'une d'elles. Comme toujours, je commence par encaisser les rumeurs. Je dois rencontrer une tueuse, je vais voir ce que je vais voir… Ce que je vois, c'est une fille avec un bonnet sur la tête, qui roule des épaules en marchant. Tueuse peut-être, mais je n'ai pas de mal à la battre. Je fais mon sac pour rentrer chez moi. C'est fait. J'ai intégré l'Équipe de France.

J'ai un peu de mal à me faire à la discipline du groupe. Je n'aime pas beaucoup les stages organisés à Bourges. Lever, petit déjeuner, sport, déjeuner, sieste, sport… Cinq ou six heures d'entraînement quotidien, par groupes de dix à vingt boxeuses. C'est ennuyeux, rigide, et ce n'est pas mon rythme. D'autant que, une fois suivi ce programme monacal, il n'y a absolument rien à faire. Nous sommes logées au milieu de nulle part, toute sortie est exclue. Arrive le moment où je n'ai plus du tout envie d'aller m'enterrer dans le Berry, où de toute façon je ne progresse pas. Je préfère rester à Paris, travailler à la salle. Du seul point de vue sportif, je suis gagnante. Les mecs sont meilleurs. Nous allons courir au stade de Bagnolet pour les fractionnés, au bois de Vincennes pour l'endurance, et aux Buttes-Chaumont, idéales pour combiner les deux… Après les entraînements, nous nous retrouvons dans les bars du quartier, nous sortons en soirée. Il y a toujours un événement à célébrer, un anniversaire à fêter. Je suis à la lettre le programme de Jean : Amusez-vous.

En avril, je suis convoquée pour le tournoi Ahmet Cömert, qui se déroule en Turquie. Pour un baptême du feu, c'est rude. Après les championnats du monde, il n'y a pas plus gros. En mai, je pars pour Istanbul.

Pour quelqu'un qui déteste tout ce qui ressemble de près ou de loin à un huis clos entre sportifs, je suis servie. Je n'ai jamais vu autant de monde. C'est la bousculade à la pesée du matin. Les filles sont en petite culotte, à moitié nues, tétanisées par la crainte de ne pas être au poids. Elles trépignent d'impatience. Le gymnase est plein. La nuit, je dors mal. Impossible d'arrêter le chauffage dans la chambre que j'occupe avec Anne-Marie. Nous gardons la fenêtre grande ouverte pour ne pas étouffer.

Les tirages au sort ne doivent pas tout au hasard. J'entre, comme Anne-Marie, en quart de finale. Les organisateurs ne donnent pas cher de moi. Je les comprends. Mon passeport sportif international est vierge. Il n'a aucune compétition à faire valoir. Je suis opposée à une boxeuse locale, à laquelle on espère sûrement que je laisserai toutes ses chances. Je gagne. De son côté, Anne-Marie l'emporte aussi. « Franchement bien. » Le staff est satisfait.

En demi-finale, je rencontre une Ukrainienne. Cette fois encore, on m'a avertie, sur le mode du « Bouh, fais-moi peur » : Attention, tueuse. Je suis largement devant. J'arrive en finale. Je suis contente, bien sûr, très contente… et je me méfie. Si je gagne maintenant, on s'attendra à ce que je gagne toujours. Pour Yves, il était normal que je l'emporte. Je ne veux pas laisser la même certitude s'installer chez Jean. Pour estimer le prix de mes efforts, il doit savoir que je peux décevoir.

Je suis assez déconcentrée quand je monte sur le ring. Mon adversaire est russe, championne du monde en titre. Elle sait comment me boxer. Je n'entre pas vraiment dans le combat. L'arbitrage ne m'aide pas. C'est une constante : les juges ont tendance à favoriser ceux qu'ils ont déjà consacrés. Cette pondération vaut dans d'autres sports, comme le patinage artistique. Il reste que mon adversaire est bonne, meilleure que moi ce jour-là. Elle me bat. Je ne nous en veux pas, ni à elle ni à moi. Mais Jean est surpris d'apprendre que j'ai perdu.

En juin, je dispute le championnat de l'Union européenne. En août, le tournoi de Hongrie. En septembre, le championnat d'Europe. En octobre, le tournoi du Danemark. Maintenant que Jeannot sait que je peux perdre, je les gagne tous.

Aux championnats d'Europe et du monde, je suis entrée en huitième de finale. En moins d'un an, j'aurai assuré dix-huit combats officiels, dont dix-sept internationaux. Même chez les hommes, je ne pense pas qu'on en demande autant en un temps aussi bref. L'automne arrive et je me sens très fatiguée. Je préviens Jean. Nous allégeons les entraînements, nous écourtons les séances. Mais il faut tenir encore un peu. La fin de la saison sportive se profile et, avec elle, le championnat du monde. Ce sera la dernière épreuve. Après, c'est prévu, je me repose.

Autour de moi, tout le monde est enchanté. À la salle, bien sûr. Au travail aussi, où mes collègues ont enfin appris à quoi je passe mon temps quand je demande des congés sans solde. Au pôle Sport, on lit *L'Équipe*. Je sais que ma mère est fière. Elle n'exerce aucune pression et je n'ai pas le sentiment qu'elle tienne tellement à ce que je réussisse. Mais elle se montre attentive et patiente. La compétition me met dans un drôle d'état. Mon caractère devient changeant, vite irritable. Je suis tour à tour absente ou agressive. Quand le ton monte, elle ne m'en veut pas. Elle s'inquiète de savoir si je ne suis pas trop fatiguée.

J'ai pris l'habitude, en déplacement, de l'appeler tous les soirs. J'ai besoin d'entendre sa voix. Je veux être rassurée, savoir qu'elle va bien. Je n'aime pas m'éloigner de chez moi. Je m'ennuie vite, je perds mes marques. Avant le combat, elle me demande : Ça va aller ? Et quand je gagne : C'est bien, dit-elle, c'est bien.

Les quatrièmes championnats du monde de boxe amateur ont lieu à New Delhi, du 18 au 24 novembre 2006. Cent quatre-vingts boxeuses, représentant trente-deux fédérations nationales, vont combattre dans treize catégories. Je concours dans les welters, les moins de 66 kilos. La délégation française compte neuf personnes, un entraîneur, un médecin, un kiné et les six boxeuses. Au moment du départ, je suis anxieuse. Je n'arrive pas à me débarrasser d'un mauvais pressentiment. J'attribue mes craintes au surmenage.

L'arrivée à Delhi est une épreuve. Il règne une chaleur massive, écrasante. Et partout, en permanence, un bruit hallucinant. Notre hôtel répond aux normes internationales. Il est propre, confortable, climatisé, et nos repas sont occidentaux. Il faudrait ne pas mettre le nez dehors. J'en sors pour les quelques expéditions shopping organisées par la délégation. Et tous les soirs pour téléphoner à Massiré. Je quitte l'hôtel, je marche pour me rendre jusqu'au petit comptoir où l'on peut passer des appels internationaux.

J'abandonne un instant une existence que je considère comme « normale », où l'on ne se pose pas en permanence la question du toit, du repas, de l'eau, pour entrer dans la vraie vie. La vie des autres, de la majorité des autres, où le quotidien s'arrange de la faim, de la rue, de la vermine, de la maladie, de la mort. La misère est partout palpable. Pas la petite misère qui ressemble à la pauvreté, mais la misère comme un destin, un enfer commun. Ce qui me frappe le plus, ce sont ces enfants qui dorment sur les trottoirs, les petits corps recroquevillés sur l'asphalte ou la terre battue. C'est une chose très différente de savoir et de voir. Le pire est encore de rentrer à l'hôtel, de réintégrer l'enveloppe des heureux du monde, quand l'autre vie continue dehors. Je n'arrive pas à me faire à l'idée. Je suis en colère. Ce que je vois conforte ce que je pense, du monde et de l'injustice qui le gouverne. Dans le même temps, des questions viennent, de curieuses questions : Est-ce qu'il n'y a pas aussi dans ce dénuement des moyens d'être heureux ? Qui alors ? Et comment ? Ce sont peut-être les souvenirs d'une petite fille élevée dans un tout petit appartement, vêtue d'un collant et les chaussures à l'envers, qui jouait dans la rue toute la longue journée, qui reviennent, avec leur goût d'espace et d'aventure. Où est ma place, parmi ceux qui sont dans l'hôtel ou parmi ceux qui sont dans la rue ? Je n'ai jamais eu pour habitude de gémir. Mais, à mon retour de Delhi, c'est réglé. Je ne me plaindrai plus.

Le matin, avant de quitter ma chambre, je prépare mon paquetage. J'y glisse une paire de chaussettes noires dont j'ai décidé qu'elles me portent chance. Je vais aux toilettes. Je prends ma douche. Un bus vient nous chercher devant l'hôtel pour nous conduire au stade. Le Talkatora Indoor Stadium est un bâtiment majestueux, contemporain, qui ressemble à une grosse capsule translucide piquée d'un pompon. Les rencontres sont programmées tout au long de la journée, à l'intérieur. Je combats en soirée.

Je suffoque dans le gymnase, dont je déteste l'éclairage feutré. Je m'allonge sur un banc, la tête sur mon sac de sport. Je somnole en attendant le début de l'échauffement. Je suis totalement indifférente à ce qui se passe autour de moi. Il faut qu'une des boxeuses de l'équipe combatte pour que j'aille regarder les assauts. J'attends que l'entraîneur m'appelle pour sortir de ma torpeur. Je sors pour m'échauffer. À l'intérieur, j'ai l'impression que l'air est stagnant. J'étouffe. Je marche, je sautille, je fais des allers-retours. Je m'assure que mes jambes m'obéissent. Je respire bruyamment, avant de me vider de tout l'air qui m'emplit. C'est bon, les poumons fonctionnent aussi. Il est temps de faire redescendre la pression. Si seulement l'entraîneur pouvait se taire… Il se sent tenu de me donner les derniers conseils. Mais je sais ce que j'ai à faire. Je n'ai pas besoin qu'on me répète sans fin les mêmes choses. Le son de sa voix se fait lointain, de plus en plus vague. Je ne saisis plus les mots, seulement le ton. Je n'écoute plus que mon corps et la voix intérieure qui me demande ce que je suis venue faire là, encore une fois. Qu'est-ce qui vaut tous ces efforts ? Qui les impose ?

Je suis prête. Je m'impatiente. Qu'est-ce qu'ils fabriquent ? Pourquoi on ne m'appelle pas ? Qu'on en finisse.

Enfin, on vérifie mon bandage. Une croix au feutre noir signifie qu'il est réglementaire. On me remet les gants officiels. Je les enfile. Ma respiration s'apaise, revient à la normale. Dans quelques instants, je vais gravir les marches qui mènent sur le ring. Je ne peux plus reculer. Le speaker appelle, j'entends mon nom. J'entre dans la salle, les yeux fixés sur le coin du ring que j'occuperai. J'efface le public du champ de ma conscience. Mon visage est complètement fermé.

Je gravis les quelques marches qui me séparent du carré magique. Je fais attention à ne pas trébucher sous l'effet du stress. Il ne faut donner aucun signe de faiblesse, de défaillance. Ne pas être ridicule, c'est le mot de Jean.

Les boxeuses sont présentées au public. L'arbitre nous appelle au centre du ring pour nous faire les recommandations d'usage. Nos gants se touchent. Nous retournons dans nos coins respectifs, sans nous quitter un instant du regard. Chacune attend que l'autre baisse les yeux la première. C'est un jeu d'intimidation. Nous sommes entrées dans la partie animale du combat.

Le bluff fait partie des stratégies de déstabilisation. La championne du monde en titre, une Canadienne, choisit, dans un bus quasiment vide, de venir s'asseoir à côté de moi, alors que je suis en grande conversation avec les filles de l'équipe. Elle n'a rien de particulier à me dire, de toute façon elle ne parle pas le français. Elle m'impose sa présence indifférente dans l'unique but de me montrer que je ne lui fais pas peur. Je l'ignore et je continue de bavarder avec mes voisines. L'indifférence paie. Elle finit par se lever et part s'asseoir à côté de son coach. L'effort était inutile. Elle sera éliminée en demi-finale par l'Ukrainienne que je battrai en finale.

Un combat de boxe amateur se déroule en trois rounds de deux minutes. Quatre juges arbitrent grâce à une *scoring machine*. À chaque touche nette, ils doivent appuyer simultanément pour que le point soit validé. Pour celle qui combat, le temps échappe alors aux mesures ordinaires. Il s'accélère et se distend à la fois. Je suis dans un espace qui s'étire, totalement présente au jeu et extraordinairement lucide. J'accède à un autre niveau de conscience. Ma concentration est telle que j'ai peu, ou pas, de souvenirs du combat. Je suis incapable de me rappeler mes gestes et mes enchaînements.

Je me suis laissé investir momentanément par un autre moi. J'étais une autre. La combattante. Une fois revenue à celle que je suis en temps ordinaire, je n'éprouve aucune curiosité pour ce qui s'est passé. Je ne regarde jamais les vidéos.

Le combat des huitièmes de finale m'oppose à une boxeuse néo-zélandaise. Je l'ai boxée un mois plus tôt, au tournoi de la Venus Cup, au Danemark. Blonde, le visage juvénile mais les traits secs, elle est plus grande que moi. Elle peut afficher un masque sévère, elle ne m'impressionne pas. Je suis très mobile, les enchaînements sont précis, les coups font mouche. Rapidement, je suis à une touche ou deux de l'arrêt de la rencontre par RSCO (pour *Referee Stopped Contest-Outclassed*). L'arbitre arrête alors le combat à la vue du score, tant la domination de l'un des adversaires est nette. Trop consciente de mon avance, je fais une erreur de débutante. Je cours après la touche. J'oublie de construire le point qui me manque. C'est alors qu'arrive le vrai problème. Je perds mes jambes. J'ai eu l'idée judicieuse de préférer les baskets aux chaussures de boxe. Elles sont beaucoup trop lourdes. Je m'enfonce dans le tapis de sol. Je fléchis, mon adversaire reprend confiance et remonte au score. À moi cette fois de ne pas céder à la panique. Je change de tactique. Je vais à l'affrontement physique et je finis par gagner un combat inutilement laborieux. L'entraîneur néo-zélandais vient me voir à la descente du ring. Il est intrigué. Qu'est-ce qui a bien pu se passer ? « Un problème technique... »

Personne ne se fait de cadeau. Nous sommes toutes là pour gagner. Mais hors du ring, le respect est de rigueur. Certaines filles sont même souvent d'une gentillesse touchante. Le sport est tellement dur qu'on ne peut pas se faire la guerre hors des cordes. Seules les boxeuses des pays de l'Est, et particulièrement de Russie, se montrent froides et distantes. Elles se déplacent en meute, le visage hostile. Elles se savent sur un siège éjectable. L'encadrement rigide ne pardonne pas à celles qui perdent. Les postulantes se bousculent pour la place… Mais partout ailleurs, les relations, sans être toujours complètement bienveillantes, sont plus humaines.

Pour les quarts de finale, je retrouve une redoutable vieille connaissance. C'est la troisième fois que nous combattons ensemble. Marichelle est néerlandaise, métis, et je suis littéralement sa bête noire. Des boucles brunes, une coupe à la garçonne, elle est belle, d'une beauté discrète, un peu masculine. Elle a le corps sec des athlètes, une condition physique impeccable, et la frappe lourde. Cette fille est une guerrière, un rouleau compresseur. Elle m'oblige à rester sur mes gardes. Il faut rendre coup pour coup. Je remporte le combat 18-14. Elle est terriblement déçue. Je suis d'autant plus désolée de la sortir une fois encore qu'elle m'est très sympathique. Son entraîneur aussi est adorable. Je n'ai pas de mots pour leur dire combien je suis confuse. Je retrouve ceux de mon père : « Je m'excuse, je suis désolée… »

La configuration est très différente en demi-finale. Je suis opposée à une boxeuse indienne, Anruna. Rien n'est plus éprouvant que d'affronter un boxeur local. Il a le public pour lui, et les arbitres ont une tendance assez compréhensible à privilégier les tireurs du pays organisateur. Nous nous connaissons, nous nous sommes disputé le titre au tournoi du Danemark. Anruna n'est pas une bonne boxeuse. Elle n'a pas de technique, tout son jeu est un stupéfiant fouillis. J'ai appris à éviter les coups, mais encore faut-il que je puisse les identifier.

Comme elle avance en permanence, j'adopte une stratégie très simple : ne pas rester dans l'axe. Je passe sur les côtés. Je travaille en riposte sur des séries de deux ou trois coups, puis je m'en vais. Je travaille ce combat comme un assaut à thème, un exercice dans lequel chacun des protagonistes se voit imposer des consignes contraignantes. Elle avance, je sors de l'axe. Je répète les mêmes déplacements, les mêmes séries, encore et encore.

Je suis bien partie pour la dominer. Mais je sens que les reprises, qui devraient durer deux minutes, sont longues, excessivement longues. Le premier round dure deux minutes et vingt secondes. Je perçois l'écoulement du temps pendant les combats, dans un état de lucidité presque anormal. Le chrono a des ratés. On espère sans doute que mon adversaire en profitera pour se rattraper. Nos scores sont proches, mais il faut bien se résoudre à admettre que je suis la plus forte. Les juges arbitres finissent par appuyer sur la *scoring*. Le score s'envole en ma faveur.

Le lendemain du combat, malgré la déception, elle vient me présenter son mari. La gentillesse de la délégation indienne excède la courtoisie. En Turquie déjà, alors que j'avais perdu la finale, l'entraîneur était venu me féliciter. Il m'avait prédit que je serais championne à la fin de l'année. Les boxeuses aussi m'avaient encouragée. L'une d'elles m'avait offert un sac de bonbons et de gâteaux en me disant : « Je t'ai vue boxer et j'ai beaucoup aimé. » Je suis d'autant plus touchée par cette générosité que je sais que, pour ces filles, les victoires sont un gagne-pain. Elles boxent pour manger.

Chaque combat m'épuise un peu plus. Je ne me souviens pas d'avoir été si fatiguée. J'en suis à appréhender ce que je veux plus que tout. Disputer la finale. J'y suis opposée à Oleksendra Koslan, une boxeuse ukrainienne que j'ai battue en finale du championnat d'Europe. Je dois m'adapter à sa logique inversée, elle est gauchère. Mais je ne la crains pas vraiment. De son côté, elle n'espère pas vraiment non plus. Il me semble qu'elle sait, quand elle monte sur le ring, qu'elle va perdre. Elle a pourtant mis au point une petite tactique destinée à me déstabiliser.

Elle s'est mis en tête de me laisser venir. Le début du combat est très lent, nous jouons le même jeu. C'est désolant d'ennui. L'attente ne peut pas durer. Il faut que quelqu'un se décide. Ce sera moi. Je marche sur elle. Je mène très vite.

À la seconde reprise, au cours d'un corps-à-corps, elle m'appuie sur la tête. Je sens un craquement. Je l'entends résonner à l'intérieur du corps. C'est une sensation, dans les premières secondes, plutôt qu'une douleur. Le corps est tellement chaud qu'il absorbe tout. Tout juste si le haut de mon torse devient soudain très raide. Le gong retentit, je regagne mon coin. Une minute de repos.

Je ne suis pas inquiète. Le combat est fait. Il suffit de gérer le score. Rester mobile, la maintenir à distance, et la victoire n'est plus qu'une formalité. Nous allons péniblement au terme d'un combat sans beauté. J'entends le gong final et la douleur m'envahit. J'ai gagné. Neuf touches à deux. Et j'ai mal, terriblement mal.

Les filles de l'Équipe de France entonnent à tue-tête un vibrant « Joyeux anniversaire », en chœur avec les francophones du Québec, d'Algérie…

« C'est vraiment votre anniversaire ? s'étonne l'arbitre.

– Oui, vraiment. Aujourd'hui je suis championne du monde et j'ai vingt-huit ans. »

L'arbitre lève le bras. La victoire est officielle. Le doute arrive aussitôt, avec son cortège de lassitude et de mélancolie. J'ai tout gagné en un an. Qu'est-ce que j'ai de plus ? Et qu'est-ce que je fais maintenant ? La réalisation du rêve vient de l'anéantir.

Je quitte le ring, on me félicite, je remercie poliment. Je rejoins le contrôle antidopage. Puis c'est la remise des médailles. Je suis sur la plus haute marche du podium. Il faut que je me baisse pour qu'on me passe le ruban autour du cou. J'ai toujours affreusement mal. Il doit s'agir d'une luxation. Je me dis que la douleur passera d'elle-même.

Il faut maintenant rentrer à l'hôtel, dîner et faire les bagages. Nous n'avons que trois heures avant de remonter dans l'avion. Une douche chaude soulage un peu la souffrance, qui revient aussi vite. Je prends mes sacs. Départ pour l'aéroport. Suivent dix heures de vol, au cours desquelles je ne dors pas une minute. J'ai averti autour de moi que je souffrais. Mais la trousse médicale est dans la soute. Personne, moi compris, n'imagine la gravité de ce qui vient de m'arriver. Enfin, c'est l'arrivée à Paris. On m'attend avec un gâteau. Je remercie dans un brouillard de douleur. Je prends un taxi et je rentre chez ma mère.

La nuit du jeudi au vendredi est déjà bien avancée. Je dors quelques heures. Le lendemain matin, Massiré m'achète une minerve à la pharmacie. Je vais consulter le médecin responsable de la boxe à l'INSEP. Il me fait passer une radio. C'est bien une luxation. Je serai rétablie pour la rencontre France-Suède de mi-décembre.

La douleur ne s'apaise pas pendant le weekend. Le lundi, il m'envoie faire des clichés complémentaires. En fait de luxation, c'est une fracture.

Une quinzaine de jours plus tard, je suis hospitalisée à la Salpêtrière. Le 8 décembre, on m'opère. L'opération consiste à installer sur les vertèbres une plaque fixée par des vis. Elle empêchera l'os fracturé de se déplacer et de toucher la moelle épinière. On préviendra ainsi les risques d'hémiplégie, et même de tétraplégie. Pour le chirurgien, c'est une intervention banale.

Au réveil, je manque m'étouffer quand on m'enlève l'intubation. Je suis assommée par l'anesthésie. J'entends de très loin des voix qui me demandent de me réveiller et de me lever. Les voix insistent. C'est impossible. Je n'y arrive pas. Ma jambe et mon bras droits n'obéissent plus.

Je passe la nuit en salle de réveil. Autour de moi, ça crie, ça hurle... Je ne parviens pas à dormir malgré les injections de morphine. Le médecin passe toutes les heures pour s'enquérir de mon état. Vous arrivez à bouger vos orteils ?

Non. Vos doigts ? Non plus. Le mouvement ne revient pas, la douleur persiste. À l'aube, je peux enfin mouvoir mes orteils et mes doigts, d'un mouvement presque imperceptible mais sensible. J'entends qu'on discute autour de moi. On propose des hypothèses, on cherche à se rassurer. J'ai juste envie de dormir.

On m'emmène dans ma chambre. Elle est pleine. Massiré, Issa, Frankie, un médecin fédéral, et d'autres... Je rêvais de silence et de calme, c'est réussi. Par bonheur, Jeannot parvient à nous faire rire. Il me dira plus tard qu'il est reparti, ce jour-là, les larmes aux yeux. Tout au long de mon hospitalisation, les boxeurs de la salle viennent me rendre visite. Et chaque jour, midi et soir, passe Nicolas, qui apporte avec lui une histoire amusante ou un petit cadeau.

Je reste quinze jours à la Salpêtrière. Je ne me suis jamais sentie si vulnérable. Pour les gestes les plus simples, je dépends de Massiré, qui est là presque tous les jours avec moi. Elle répète des gestes très anciens. Elle me donne le bassin, elle me lave, elle m'aide à m'habiller, elle me fait manger, elle me coiffe. Elle est concentrée, méthodique, impassible. Une mère, son enfant. Pour l'équipe médicale, je suis une malade modèle. J'ai décidé que je m'en sortirai. Je veux me sevrer de la morphine. J'ai besoin de ressentir. Et je veux travailler. Tous les matins, un kiné m'exerce à la marche et à l'utilisation de mon bras droit. Je sollicite ma main avec une balle en plastique qui devient, à force, le prolongement de mon corps. Lorsqu'elle m'échappe, Massiré la ramasse. Elle me la rend, inlassablement : « Travaille ! Il faut que tu travailles ! » Je dors avec la balle. Quand je me réveille dans la nuit, je la presse. Je suis obsédée par la volonté de retrouver mon autonomie. Je ne me plains pas. Je ne cherche même pas à comprendre ce qui m'arrive. On ne peut pas mener deux luttes à la fois. Mes progrès sont époustouflants. Avant de quitter l'hôpital, j'apprends deux nouvelles dont je ne sais plus bien que faire. *L'Équipe* m'a élue parmi les trente sportifs de l'année. Pour *France Boxe*, le mensuel de la Fédération française de boxe, je suis meilleur boxeur amateur de l'année.

Je quitte la Salpêtrière pour entrer au centre de rééducation de l'ADAPT à Saint-Cloud. Chaque jour, je suis deux séances de rééducation et une séance d'ergothérapie. Je réapprends à utiliser ma main, mon bras. Je ne quitte pas ma minerve. Je ne peux pas m'apitoyer sur mon sort. Je vis là au milieu de gens qui ont été accidentés très gravement, qui ont subi des amputations. Raison de plus pour travailler. Si j'ai pu me dire, les premiers temps, que j'en avais fini avec la boxe, je me suis reprise. Je ne pense plus qu'à remonter sur le ring. Autour de moi, on est étonné par la rapidité avec laquelle je récupère. C'est presque trop vite. Au bout d'un mois, je ne supporte plus d'être enfermée. Je demande à rentrer chez moi. On me prévient que je fais une erreur. Je ne veux pas l'entendre. On ne peut pas me garder de force, je sors.

À partir du mois de février, je me rends tous les jours à l'INSEP. Les séances de rééducation ne durent qu'une heure et demie. À ce régime, je progresse évidemment beaucoup moins vite. En avril, je demande à réintégrer Saint-Cloud. On m'accepte en externe. J'y vais donc l'après-midi. Le matin, je reprends le travail chez PPR.

En juin, je reviens à la salle. Je reprends doucement l'entraînement. Je saute à la corde, je tape au sac. Ce n'est pas sans douleur. Mais la douleur, c'est l'ordinaire de la boxe. On apprend.

Passe la trêve du mois d'août. En septembre, je suis capable de reprendre l'entraînement. L'épisode fracture est terminé, j'ai retrouvé mes capacités. En novembre, Jeannot m'annonce que la Fédé me rend ma licence. Je peux remonter sur un ring, participer à des combats officiels. Franchement bien.

Remonter sur le ring. Mais pour quoi faire ? En un an, j'ai remporté la quasi-totalité des championnats amateur. Je ne vois pas l'intérêt de remettre le couvert. Il y a bien la perspective des Jeux olympiques. Mais il faudrait pour cela attendre 2012, que la boxe anglaise féminine entre au programme des Jeux olympiques. C'est trop tard. Nous sommes en 2007 et je me suis promis d'arrêter deux ans plus tard. Hors les Jeux, je n'ai pas de perspective. Et sans enjeu suffisant, je n'aurai jamais le ressort de m'entraîner.

Le calcul est simple. Soit j'arrête tout, soit je passe professionnelle. Jeannot est sur la même longueur d'ondes que moi. J'ai remporté le grand chelem il y a tout juste un an. Je m'entraîne tous les jours. Il me reste à assimiler les subtilités de la boxe professionnelle, pas de casque, reprises plus nombreuses (elles vont jusqu'à dix), rythme plus lent qui laisse le temps de construire sa boxe... et je serai au niveau.

Il n'y a qu'une question, et elle est épineuse : la réaction des dirigeants de la Fédé. Quand on tient une championne, on aimerait pouvoir la garder. Or, en quittant le statut d'amateur, je leur échappe. Il devient impossible d'utiliser mon nom et mon image, comme ils le font, pour leur politique de communication. Il serait très étonnant dans ces conditions qu'ils prennent mon départ avec philosophie. L'esprit sportif, c'est bon pour les sportifs. Pour le moment, le mieux consiste encore à éviter les annonces prématurées.

Parce que nous avons déjà prévu mon retour. Un combat professionnel sera organisé pour le mois de juin suivant, au Cirque d'hiver à Paris. Je pourrai enfin boxer ailleurs que dans « ma » salle de Ménilmontant. Peu importe l'adversaire, et tant pis si elle joue un rôle de faire-valoir. L'important, c'est de revenir. Et, pour un retour, nous tenons une occasion de rêve.

Seulement, pour passer professionnelle, il me faut une autorisation signée du médecin de la

Fédération. Un bout de papier. Une simple formalité, puisqu'on m'a rendu ma licence. Si on a estimé que j'étais capable de disputer des championnats amateur, je dois pouvoir aussi bien me présenter en professionnelle. Dans un cas comme dans l'autre, un ring est un ring, un coup est un coup.

Le bruit a commencé à courir que je me préparais. La réaction ne tarde pas. Mais elle ne passe pas par les canaux officiels. Je reçois un appel de Dominique Bonnot, journaliste à *L'Équipe*. J'ai rencontré Dominique quelques mois après mon accident, elle est devenue une amie. Elle tient de bonne source que la Fédé m'interdit de remonter sur un ring. Je réponds qu'elle se trompe, on m'aurait prévenue, pour preuve on m'a rendu ma licence... Elle est sûre de ses informations. C'est un collègue, spécialiste de boxe anglaise, qui est venue la trouver. Il lui a demandé : « Aya ne pourra plus jamais boxer. Tu étais au courant ? »

Je contacte le médecin fédéral, il est laconique. Mon cas sera examiné lors d'une commission médicale qui se réunira très prochainement. On me tiendra informée. Quelques jours plus tard, je reçois effectivement une lettre qui me donne rendez-vous un vendredi. On m'y informera de la réponse de la commission.

Qu'est-ce qu'ils attendent ? Que je me rende toute seule chez le docteur pour me faire taper sur les doigts ? Le jour dit, nous sommes trois à entrer dans le bureau du médecin. Jeannot, mon avocat Yves Hudina et moi. J'ai demandé au cabinet de Serge Beynet, qui avait su nous défendre devant la Commission d'indemnisation des victimes, de bien vouloir reprendre du service. Son avocat connaît toute notre histoire. Je l'ai vu gagner une cause que tout le monde disait perdue, j'ai en lui une entière confiance. En face de nous, il n'y a qu'un médecin. Aucun des pontes de la FFB n'a jugé bon de se déplacer. Le docteur n'a d'ailleurs pas grand-chose à me dire. Rien en tout cas qu'il ne sache, lui, depuis des mois :

« En vertu du principe de précaution, vous ne boxerez plus. »

J'ai beau avoir été avertie, je n'en reviens pas.

« Et vous m'avez laissée m'entraîner pendant un an et demi sans me le dire ?

– Mais vous n'êtes pas la seule ! D'autres boxeurs ont eu des accidents. C'est la vie… »

Il pense sans doute, comme ses patrons à la Fédé, que j'ai déjà eu beaucoup de chance d'aller jusqu'aux championnats du monde. Beaucoup de chance d'emporter le titre. Beaucoup de chance de voir mon nom et ma photo utilisés par leurs services. Quand ils ne sont plus utiles, les gens comme moi sont invités à remercier poliment et à tirer leur révérence. On en trouvera d'autres. Comme le dit Jean : « Les boxeurs passent, les entraîneurs restent. »

Quant à la licence, il paraît que c'était... une erreur ! Une bourde stupide commise par un comité d'Île-de-France. C'est bête, non ? Elle n'a aucune valeur légale. Je peux la déchirer.

Le médecin finit par reconnaître du bout des lèvres que je suis pénalisée, que j'ai espéré de longs mois pour rien. C'est triste, sans doute, mais c'est sans appel. Yves Hudina demande qu'on nous remette le dossier médical, et prévient que nous demanderons une expertise contradictoire.

Dans le même temps, je reçois, à défaut de regrets ou d'excuses, une proposition de la FFB. Puisqu'il est entendu que je ne reprendrai pas la boxe, on me laisse miroiter que je pourrais avoir un rôle, ou une mission, on ne sait pas trop quoi encore, mais enfin un petit quelque chose au sein de la grande famille de la boxe... En clair, on essaie de m'acheter, pour pas trop cher, avec l'idée que je ne suis pas en position de refuser. C'est rageant, à la fin, d'être prise pour une imbécile. Je refuse, bien sûr. Jean, de son côté, n'a rien reçu, pas même un mot, pas même un coup de téléphone. On l'a baladé pendant des mois, pour rien. Comme dit l'autre : C'est la vie...

Je me suis longtemps demandé pourquoi, tout en sachant qu'on ne me laisserait plus me battre, on m'a rendu une licence et le droit de m'entraîner. Il est probable que personne n'imaginait que j'irais jusqu'au bout. Et quand bien même j'aurais été assez folle pour y parvenir, on se disait que personne ne prendrait le risque de me faire combattre. On attendait que je m'épuise, que je me décourage, et que je me désiste sans demander de comptes à personne d'autre qu'à moi-même. C'était un mauvais calcul. J'avais des promoteurs. Une semaine après mon retour de Delhi, les frères Acariès m'avaient présentée au public, au cours d'un tournoi à Bercy. Je m'étais engagée tacitement avec eux. Tout semblait très bien parti. Ni eux ni moi ne pouvions soupçonner que je n'étais déjà plus en état de combattre. Quand on y réfléchit cinq minutes, la FFB a du mouron à se faire. On m'a laissée revenir à Paris comme si de rien n'était, sachant que je souffrais, sans me soumettre à un examen médical sérieux, sans même me proposer une minerve… Mais visiblement on n'a pas l'habitude, à la Fédé, que les boxeurs se défendent.

Dans les jours qui suivent, nous tirons, Jean et moi, des plans sur la comète. Je suis dans une excellente forme physique. Si je ne parviens pas à avoir gain de cause en France, je peux combattre en Angleterre, ou en Allemagne ou dans un pays de l'Est, où les règlements sont moins contraignants. Nous y croyons tellement que nous continuons l'entraînement. Il n'est pas possible que les choses s'arrêtent là. Nous allons demander une contre-expertise. Trouver un médecin digne de confiance pour répondre à la seule question qui vaille : boxer à nouveau, ou plus jamais ?

Je ne connais aucun boxeur qui soit remonté combattre après une fracture des cervicales. La Fédé elle-même plaide qu'on n'a pas retrouvé dans les archives de cas comparable au mien. Je suis la première pugiliste de leur histoire à avoir subi une telle blessure sur un ring. Qui sait ? Je prends rendez-vous avec Jean-François Chermann, neurologue à l'hôpital Bellan et spécialiste des commotions cérébrales. Il s'est occupé du rugbyman Christophe Dominici, qu'il a interdit de stade le temps de se remettre d'un KO spectaculaire, en 2005, au cours du tournoi des Six-Nations à Rome. Jean-François Chermann pratique le rugby en amateur, il a une bonne connaissance du sport de haut niveau, et surtout il n'a pas d'intérêts du côté des institutions. Son expérience lui permet de se mettre à la place de l'athlète. Il connaît le mécanisme du « Tout va bien, je vais bien », et il n'en est pas dupe.

Lors de notre première rencontre, il semble plutôt optimiste. Boxer de nouveau, pourquoi pas ? La fracture, dès lors qu'elle est consolidée, ne lui semble pas une contre-indication suffisante. Mais la boxe est un domaine nouveau pour lui. Avant de se prononcer, il doit s'informer. De sa plongée dans les archives de la boxe, il ramène un diagnostic sans appel. Sauf à vouloir rester paralysée pour de bon, je ne remonterai pas sur un ring. Ce n'est pas la fracture qui est en cause. C'est l'opération. La moelle a été mal vascularisée pendant l'intervention. Tous les problèmes dont j'ai souffert et qui perdurent pour certains, la paralysie, la douleur, viennent de là. Ils sont neurologiques. Un an et demi après l'accident, j'apprends enfin ce qui m'est arrivé, et ce contre quoi je me suis battue. J'apprends simultanément que toute cette bataille était vaine. Il n'y a rien à faire contre un impact à la moelle épinière. Cette fois, c'est entendu. La boxe, pour moi, c'est fini.

L'axe autour duquel j'avais contruit ma vie s'effondre. C'est terrible, certainement. Mais, entre le diagnostic du médecin fédéral et celui de Jean-François Chermann, je n'ai pas le temps de m'appesantir sur ma peine. Dans la nuit qui suit la première annonce, on téléphone. Je décroche. L'hôpital vient de recevoir le rein que Massiré attend depuis quasiment dix ans. Il faut y aller, tout de suite. Nous nous habillons. Issa nous rejoint.

Massiré entre en salle d'opération. Pour prévenir les risques de rejet, elle sera transférée, juste après l'opération, dans une chambre stérile où nous ne pourrons pas lui rendre visite. Le médecin nous donne, à Issa et à moi, un numéro de téléphone pour prendre de ses nouvelles. Nous repartons, nous nous quittons sans un mot. Nous nous installons dans l'attente.

Quand Massiré rentre à l'appartement, c'est à moi de veiller sur elle. Ces derniers mois, j'ai retrouvé pour elle des mots d'enfant, des « Maman je t'aime » que je ne me souviens pas d'avoir prononcés. Nous n'avons jamais abusé des mots d'amour. Ils se sont installés entre nous, la vie nous les a rendus. Nous sommes apaisées, pas changées. Je la trouve toujours aussi bavarde. Elle s'exaspère de mon goût pour le silence et pour la solitude. Elle voudrait que je n'oublie pas que je suis africaine, et elle ne se prive pas de me le dire. De mon côté, j'ai appris à aimer ses protestations. Je laisse traîner des objets dans l'appartement. C'est devenu un rituel. J'attends qu'elle s'indigne. Tant qu'elle râle, tout va bien.

Issa a quitté la rue des Rigoles. Il a tracé son chemin à sa manière, discrète et déterminée. Il est resté fidèle à lui-même, raisonnable, tempéré, méfiant envers les excès. Les années ont fait taire nos vieilles querelles. Je suis la tante d'une petite fille qui commence le judo. Quand elle a quatre ans, je l'emmène à sa première compétition. J'en reviens désolée d'avoir vu des enfants combattre sur un tatami sous les encouragements des parents enragés. Par chance, ma nièce refuse de continuer. Elle préfère la danse. J'ai acquis une sorte d'aversion pour les sports violents. J'aime les boxeurs, je crains la boxe. Je connais mal son histoire, je ne suis pas très informée des carrières de ses célébrités. Quand je boxais, je n'ai jamais aimé assister aux combats. Il fallait que des amis montent sur un ring pour que je fasse l'effort de m'y rendre. J'étais malade de voir mon frère combattre. Se battre, c'est possible. Regarder les autres, c'est affreux.

J'ai perdu ma colonne vertébrale, littéralement et symboliquement. J'ai démissionné du pôle Sport de PPR. Je ne pouvais plus supporter d'entendre parler de sport à longueur de journée. Autour de moi, les amis font semblant de se réjouir. « Maintenant que tu arrêtes la boxe, on pourra se voir plus souvent… » C'est gentil, mais ça ne suffit pas. Je ne sais pas quoi faire de tout ce temps, de cet espace de liberté qui s'ouvre devant moi. J'ai l'impression de me tenir au bord d'un gouffre. Je vacille.

Je me suis trouvé un travail. Quand j'étais encore chez PPR, j'ai brièvement envisagé d'entrer dans la police. J'ai passé le concours de gardien de la paix. Après les épreuves écrites, réussies, et les épreuves sportives, je me présente à l'oral. Un membre du jury me demande benoîtement : « Vous êtes dans une soirée. Certains invités fument du haschich. Que faites-vous ? » La réponse me vient immédiatement : « Rien. » Elle ne m'a peut-être pas bien entendue, ou alors elle me laisse une deuxième chance. Elle répète. Ses deux collègues viennent à sa rescousse et reformulent la question, au cas où j'aurais rencontré un problème de compréhension. Je développe : « Mais qu'est-ce que vous voulez que je fasse ? Je ne vais quand même pas appeler la police ! » Devant leurs mines déconfites, je fais des concessions : « Je leur dis que ce n'est pas bien... Je leur intime l'ordre d'éteindre leurs cigarettes... » J'ai dû manquer de conviction. Les examinateurs me tiennent un long discours sur la grande famille de la police, à laquelle on appartient ou on n'appartient pas, il faut choisir. Et voilà comment je rate mon intégration dans la police nationale. Par honnêteté. Ou par sabordage.

À défaut d'avoir entamé une carrière de fonctionnaire, je suis entrée comme comptable à la Fédération nationale Solidarité femmes. La FNSF regroupe une soixantaine d'organisations qui défendent les femmes victimes de violences conjugales. Elle est alors dirigée par une maîtresse femme qui fait régner parmi sa petite équipe, presque entièrement féminine, une ambiance terrifiée. Je m'en tiens à la stricte obéissance aux ordres. Je me contente d'observer, et de compter les départs. Mais quand arrivera mon tour de partir, ce sera après un sérieux bras de fer avec la direction.

Dans le même bureau que moi, une jeune femme travaille à un rapport sur les violences que subissent les femmes issues de l'immigration. Elle est sociologue. Elle revient d'un tour du monde qui a duré deux ans, qu'elle a accompli en voiture, et durant lequel elle a écrit et photographié pour la presse, et travaillé pour les ONG. Jane a une manière d'être, franche, presque brutale, qui m'inquiète. Je n'ai pas l'habitude de laisser les gens entrer de force dans ma vie. Mais elle se moque de mes réticences, elle s'obstine à m'emmener déjeuner, et nous rions beaucoup quand nous sommes toutes les deux. Jane est la fille d'un père juif roumain et d'une mère croate. Elle a grandi à Pigalle. Orpheline à treize ans de son père, architecte et esthète, qu'elle adorait, elle a pour sa mère une affection aussi dévorante que contrariée. Elle en est très proche, tout en refusant de reproduire son modèle. Différentes sur tant de points, nous nous ressemblons par beaucoup d'autres. Des souvenirs heureux de notre petite enfance, le goût précoce de l'autonomie, et la volonté d'être heureuse, un jour. Et elle aime la boxe. Son père était un grand amateur, au point que son frère s'appelle Jim, en référence à *Gentleman Jim*, le film de Raoul Walsh sur le boxeur Jim Corbett. Elle admire, dans la boxe, la beauté du geste, la classe sur le ring. Je ne sais pas ce qui lui plaît chez moi, mon calme dans la tempête directoriale, mon look étudié ou mon parcours sportif. Elle n'est pas des gens qui complimentent. Elle a une méthode bien à elle, assez affectueuse, de se moquer. Ce qu'elle fait quand elle apprend que j'ai fait partie des sportifs qui ont porté la flamme olympique pour les Jeux de Pékin. J'ai parfois le sentiment qu'elle en fait trop, qu'elle scandalise à dessein notre équipe tétanisée. Je crois qu'elle me trouve trop tranquille, passive presque, quand je devrais me mettre en colère. Quoi qu'il en soit, nous nous entendons bien… Si bien qu'on lui demande de déménager du bureau qu'elle partage avec moi.

Au terme de sa mission de trois mois, elle quitte la FNSF en conflit ouvert avec sa directrice. Nous continuons à nous voir. À elle, je peux parler de la boxe et même, un jour, de ma famille. Tout en lui demandant de garder le secret absolu. Elle est ébahie de savoir que la plupart de mes amis ignorent tout de ma vie. Mais elle accepte de taire tout ce que je lui confie. Elle ne dira rien. « Même à mon mec ? » Même.

Jane ne comprend pas que je reste dans l'association qu'elle vient de quitter. Elle insiste pour que je démissionne. Je n'y suis pas à ma place. Je sais qu'elle a raison. Mais ce n'est pas seulement l'association qui pose problème, c'est le métier lui-même. D'aussi loin que je me souvienne, je n'ai jamais aimé les chiffres… Il faut vraiment que je n'aie décidé de rien pour m'enfermer dans la comptabilité. Maintenant que je n'ai plus la boxe pour occuper mon esprit et soutenir mes rêves, j'ai tout le loisir de réfléchir à ce que je vais faire de moi. Certainement pas une comptable.

Tandis que je m'apprête à changer d'avenir, Yves Hudina obtient pour moi un dédommagement de la CRCI, la Commission régionale de conciliation et d'indemnisation. Mais ni les responsables de la Fédération ni l'hôpital ne sont tenus pour responsables de ce qui m'est arrivé. Les premiers parce que l'accident qui m'empêche de boxer n'est pas de leur responsabilité. La fracture, soit. Mais pas l'accident opératoire, ils n'y sont pour rien. Quant à l'hôpital, il plaide l'aléa thérapeutique. La faute à pas de chance. Ils en sortent blanchis. Mais j'ai la satisfaction de les avoir forcés à paraître devant moi, et à me rendre des comptes. J'ai la consolation aussi de voir mon accident reconnu. Un expert médical avait eu l'élégance de déclarer, quelques mois plus tôt et alors que nous étions assis l'un à côté de l'autre, que mes symptômes relevaient d'un accès hystérique…

Sans bien savoir où je vais, je me reconstruis lentement. J'ai pris la décision de quitter la FNSF pour accomplir ce vieux rêve, reprendre des études. L'accident m'aura conduite à le faire un peu plus tôt que prévu. Je vais m'inscrire en fac de psycho. Je financerai mon année en travaillant dans des boutiques. J'ai de l'allure et une expérience de la vente. J'arriverai à mener de front un temps partiel et une première année d'université. Je suis bien partie pour reproduire l'erreur que j'avais faite quelques années plus tôt : à vouloir combiner études et travail, on n'aboutit à rien. Mais j'en prends conscience assez tôt pour changer de tactique. Cette fois, je vais privilégier les études. J'abandonne toute velléité d'emploi régulier. Mon compte bancaire entre dans le rouge. J'assure alors de courtes missions pour la Mairie de Paris, auprès de la direction des Sports et de la Jeunesse. Je travaille pour le projet Développement du sport dans l'Est parisien. Pratiquement, il s'agit de donner des cours de boxe. Et, à l'occasion, d'apparaître dans les manifestations organisées par le service. Femme, noire, sportive, en cours de reconversion, j'ai tout ce qu'il faut pour faire naître l'« espérance sportive » chez les jeunes auprès desquels j'interviens. Si je suis réticente au début (je n'avais pas pour ambition de devenir animatrice sportive), je suis vite ébranlée par l'expérience. Vivre dans les cités ghettos de Paris…

J'avais oublié. J'étais partie. J'avais réussi à fuir l'ogre aux briques rouges de mon enfance. Et voilà que je me retrouve à huit ans. Une petite fille pleine de désirs qui veut devenir avocate ou journaliste. Dont les envies s'évanouissent progressivement. Qui n'arrive pas à traverser la rue. Dans tous ces gosses, je vois mon histoire multipliée. Ces missions dont je pensais m'acquitter à reculons, je les assure avec une colère bienfaisante. Et je me débarrasse de la peur de manquer. J'apprends à vivre dans l'incertitude, en équilibre.

Le choix de la psychologie ne tombe pas du ciel. Juste après l'accident, j'ai enfin accepté d'être aidée. J'ai pris rendez-vous avec un thérapeute, que je suis allée voir au rythme de deux puis d'une séance hebdomadaire. Ce sont de drôles de moments, que ces premières rencontres où je m'enferme dans un silence embarrassé, incapable de raconter ce passé que j'ai mis tant de soin, pendant tant d'années, à occulter.

Je déteste la confession, l'exposition, le partage des confidences. Je suis horrifiée par la pitié et le malaise que je peux susciter. Je me souviens d'une visite au service de l'état civil de la mairie du XXe arrondissement, quand j'étais encore lycéenne, pour obtenir une fiche familiale. Au fur et à mesure que l'officier remplissait les lignes, je voyais son visage se décomposer. Elle ponctuait l'exercice de « Ma pauvre... Ma pauvre... ». Elle avait, pour plaindre quelqu'un qui ne lui demandait rien, une forme de complaisance écœurante. Plutôt le silence que la commisération. À ceux qui sont devenus mes amis, j'ai toujours demandé de se satisfaire du présent, et d'admettre que je garde mon passé sous clé. Tant pis pour ceux qui ont refusé le pacte.

Au fil des séances, la parole se libère. Une fois que j'ai épuisé le registre des plaintes et des récriminations contre le monde du sport, il faut bien que j'aborde des rivages plus intimes. J'apprends à parler de moi, de moi dans le temps. Je rassemble ce qui était fragmenté. Je peine. Je balbutie.

Un autre événement, totalement inattendu, est venu ébranler ma forteresse de silence. Alors que je n'avais pas encore abandonné l'espoir de boxer, une éditrice m'a contactée et m'a proposé de faire un livre à partir de mon histoire. Je vais travailler avec une journaliste de *L'Équipe*. Il s'agira de raconter mon parcours de boxeuse. Une carrière professionnelle, un livre pour la porter, que demander de mieux ? J'y vois aussi l'occasion de saluer ma mère, de lui déclarer, dans un livre qu'elle ne lira pas, tout l'amour que je lui porte. Je rêve enfin de changer l'image de la boxe, si mal perçue par le grand public. Je pourrai rendre aux boxeurs, souvent présentés comme de grands naïfs un peu benêts, un peu de leur épaisseur humaine. J'ai signé, sans avoir une idée très claire de ce à quoi je m'engageais. Et j'ai rencontré Dominique Bonnot, qui s'est proposé de porter ma voix.

Dominique est une journaliste expérimentée, une femme douce et attentive, qui ne demande qu'à m'écouter me raconter. C'est là que les ennuis commencent. J'ai si bien verrouillé, si bien cloisonné mon passé, que je n'arrive pas à retrouver les clés. Raconter quoi ? Je m'essaie, ce n'est jamais assez. J'ai du mal à faire revenir des souvenirs enfouis, je ne vois pas l'intérêt de tous ces détails qu'elle me demande. Sur son conseil, je retourne pour la première fois, seule, au 22 rue de Tlemcen. J'entre dans l'immeuble, je monte à l'étage où j'ai perdu mon père et ma sœur. Que dire du tumulte qui m'habite alors ? Est-ce qu'il n'y a pas quelque chose d'obscène à faire revenir dans la parole le temps de la douleur ? Massiré nous a appris à ne rien laisser paraître de ce qui nous tourmente. Et le *danbé* ? Faute de pouvoir obtenir quelque chose de moi, Dominique s'est entretenue avec mes proches. C'est Issa qui, le premier, lui a fait le récit de l'incendie. Issa qui a combattu les démons du silence plus tôt que je ne l'ai fait. Le passé me revient en même temps qu'il m'échappe. J'entre alors dans une période de crainte, je perds le sommeil. Il y a dans ce dévoilement une souffrance qui m'était inconnue et qui me paralyse.

Je quitte la boxe. Dominique jette l'éponge. Non seulement elle peine à obtenir le moindre récit de moi, mais je me fais un devoir de réécrire tout ce qu'elle me propose. Il me semble que les choses ne sont pas assez claires, jamais assez argumentées. Comment tolérer qu'une autre, même une amie, même une amie loyale, puisse faire le récit d'un passé que je ne parviens pas à me raconter ?

J'ai renoncé au livre. Et, forte du conseil de mon thérapeute, j'ai commencé l'année universitaire. Je n'ai pas de projet professionnel bien établi, mais tout me conduit à m'interroger sur moi-même. J'aurai toujours l'usage de quelques connaissances en psychologie. J'ai fait, il y a quelques mois, un rêve dont les images m'obsèdent. Je suis dans le métro avec Massiré. Un corps inerte est allongé sur le quai. Nous l'abandonnons, ma mère et moi, pour monter dans le métro. Les portes de la voiture se referment. Je suis en larmes, moi qui ai si peu pleuré dans ma vie.

Je n'irai pas au bout de cette d'année d'université. Dominique me rappelle. Elle a un projet pour moi. La fondation Lagardère donne des bourses à quelques sportifs de haut niveau pour leur permettre de suivre une formation à l'Institut d'études politiques de Paris. Elle s'est renseignée et me conseille de faire vite. Je n'ai pas beaucoup de temps pour présenter mon dossier. Si je suis acceptée, je serai encadrée par des tuteurs. On m'aidera à dessiner mon avenir professionnel, et on me donnera les moyens d'étudier. Je n'ai même pas le loisir d'avoir vraiment peur. Il faut que j'y aille. Ce sentiment mêlé d'excitation et de peur qui me tient, je le connais. Je suis cette fille qui est montée sur un ring tant de fois, avec et malgré lui. Autour de moi, on m'encourage. Je remplis mon dossier, je suis admise. C'est maintenant.

J'aimerais que celle ou celui qui lira ce petit livre mesure ce qu'il a de déchirant. Il est mon au revoir à ceux que je laisse sur le quai. Mon père, ma sœur, mon petit frère, mes oncles, Marc, Mme Boutra, qui était la collègue de ma mère, tous ceux qui ont été des petites flammes dont la lumière danse toujours dans mon souvenir. Il est mon au revoir à mon enfance de petite fille noire en collants verts, qui dévale en criant les jardins de Ménilmontant. Je voudrais en même temps que sa part d'amour l'emporte, mon amour pour Massiré, pour Issa, pour Ali, Jean, Nicolas, pour tous ceux qu'un merveilleux hasard a mis sur ma route, mes amis. Je ne sais pas ce que ma mère en pensera, ni comment mon *danbé* s'en accommodera, mais voilà, c'est écrit. Et je vis.

Remerciements

À Jean-François Chermann, sans lequel il n'y aurait pas eu de livre.

Un grand merci à celles et ceux qui ont participé à la construction de ce livre. Par ordre d'apparition : Ali Keita, Serge Beynet, Priscilla Marsollas, Marianne Ilbeguy, Marie Kersulec, Jean Rausch, Jane Birmant, Dominique Bonnot.

À Andrée, à Dia. À Sofiane.

À celles et ceux, présents et absents, dont la figure traverse ces pages, mes grands-parents N'Pé et Hatouma, mon oncle Habala, Marc, Thérèse, Mme Kentzie, Mme Boutra, Yves et Annick Gardette, Fayçal Chehat, Kossa, Diawoye, Gomou, Yves Hudina, Nathalie Kaufmann.

Au groupe des filles, Séverine, Kadidja, Siri, Catherine Kamatcheng. À Sandrine Retailleau.

Au Paris XX BC, à Armand, Christian, Doudou, Farid, Ilyes, Jean-Baptiste, Michel, Nicolas, Reda, Samba et tous les autres…

À la famille Coulibaly, Dialla, Daouda, Fanta, Asa, Assetou, Mamadou, Oumou, Hawa, Amy.

À la famille Chermann, Dany, Jean-Claude, Élodie, Olivier.

À Bernard et Marie-Jeanne Sainz, Marc et Marysa, Alexandra, Pierre Chagne, Jean du Bestouan, Charles du Rowing Club de Marseille.

À Jean-Claude Legal, Jean-Baptiste Perrin et toute l'équipe des enseignants de Sciences Po, et Virginie Jousset, à Odile Uzan Fernandes et Renaud Leblond.

À Lydie, Gwen et François.

AUTRES OUVRAGES DE MARIE DESPLECHIN

Trop sensibles
nouvelles
*Éditions de l'Olivier, 1995
et « Points », n° P408*

Sans moi
roman
*Éditions de l'Olivier, 1998
et « Points », n° P681*

Les vacances, on y a droit !
*(en collaboration avec Éric Holder,
photographies de Jean-Luc Cormier, André Lejarre, Olivier Pasquiers)
Le Cercle d'art, 2001*

Traversée du Nord
essai
National Geographic, 2002

Dragons
roman
*Éditions de l'Olivier, 2003
et « Points », n° P1147*

Nord-pas-de-Calais Picardie
*(photographies de Harry Gruyaert)
National Geographic, 2004*

Le Sac à main
roman
*(illustrations d'Éric Lambé)
Estuaire, 2004
et « Points », n° P1580*

La Vie sauve
*(avec Lydie Violet)
prix Médicis essai 2005
Seuil, 2005
et « Points », n° P1470*

Un pas de plus
nouvelles
Page à page, 2005
et « Points », n° P1488

La Photo
roman
(illustrations d'Éric Lambé)
Estuaire, 2005
et « Points », n° P1717

Desplechin-Monory
Parfois je meurs mais jamais très longtemps
Musée d'art contemporain du Val-de-Marne, 2005

L'Album vert
N. Chaudun, 2006
Bobigny centre-ville
(en collaboration avec Denis Darzacq)
Actes Sud, 2006

Florence Miailhe : chroniques d'ici et d'ailleurs
Éditions du Garde-Temps, 2007

La Galerie de Psyché
N. Chaudun/Fondation de Chantilly, 2009

POUR LA JEUNESSE

Le Sac à dos d'Alphonse
(illustrations de Pic)
L'École des Loisirs, 1993, 1997

Et Dieu, dans tout ça ?
L'École des Loisirs, 1994

Rude samedi pour Angèle
L'École des Loisirs, 1994

Une vague d'amour sur un lac d'amitié
L'École des Loisirs, 1995

Verte
L'École des Loisirs, 1996, 2007

J'envie ceux qui sont dans ton cœur
L'École des Loisirs, 1997

La Prédiction de Nadia
L'École des Loisirs, 1997

Comment j'ai marié mon frère
(illustrations de Manet)
Calmann-Lévy/Réunion des Musées nationaux, 1998

Dis-moi tout !
Bayard Jeunesse, 1998
et « Bayard Poche », n° 150

Compartiment rêveur
Bayard Jeunesse, 1999

Le Coup du kiwi
(illustrations de Catharina Valckx)
L'École des Loisirs, 2000

Le Monde de Joseph
L'École des Loisirs, 2000

Copie double
Bayard Jeunesse, 2000
et « Bayard Poche », n° 101

Les Confidences d'Ottilia
Bayard Jeunesse, 2001

Ma collection d'amours
(illustrations de Catharina Valckx)
L'École des Loisirs, 2002

Ma vie d'artiste
Bayard Jeunesse, 2003

Satin grenadine
L'École des Loisirs, 2004

Élie et Sam
(illustrations de Philippe Dumas)
L'École des Loisirs, 2004

Entre l'elfe et la fée
(illustrations de Philippe Dumas)
L'École des Loisirs, 2004

La Vraie Fille du volcan
théâtre
L'École des Loisirs, 2004

Séraphine
L'École des Loisirs, 2005

Petit boulot d'été
« Bayard Poche », 2006, n° 171

Jamais contente : le journal d'Aurore
L'École des Loisirs, 2006

Toujours fâchée : le journal d'Aurore
L'École des Loisirs, 2006

Pome
L'École des Loisirs, 2007

Les Yeux d'or
L'École des Loisirs, 2008

Rien ne va plus : le journal d'Aurore
L'École des Loisirs, 2009

Le Roi penché
(illustrations de Chen Jian Hong)
Actes Sud Junior, 2009

La Belle Adèle
Gallimard Jeunesse, 2010

Babyfaces
L'École des Loisirs, 2010

Mon petit théâtre de Peau d'Âne
(illustrations de Jean-Michel Othoniel)
Éditions courtes et longues, 2011

Saltimbanques
(illustrations de Emmanuelle Houdart)
Thierry Magnier, 2011

Le journal d'Aurore
Jamais contente
Toujours fâchée
Rien ne va plus
L'École des Loisirs, 2011

RÉALISATION : NORD COMPO MULTIMÉDIA À VILLENEUVE-D'ASCQ
IMPRESSION : CPI BRODARD ET TAUPIN À LA FLÈCHE
DÉPÔT LÉGAL : FÉVRIER 2012. N° 105912 (66667)
IMPRIMÉ EN FRANCE